有爱的青春陪伴者

"未来很长请多指教"

希望你很好，未来都是暖色调

三倍糖 等 —— 著

花山文艺出版社
河北·石家庄

图书在版编目（CIP）数据

希望你很好，未来都是暖色调 / 三倍糖等著. -- 石家庄 : 花山文艺出版社，2022.2
ISBN 978-7-5511-5963-0

Ⅰ. ①希… Ⅱ. ①三… Ⅲ. ①小说集－中国－当代 Ⅳ. ①I247

中国版本图书馆CIP数据核字(2021)第131524号

书　　名： 希望你很好，未来都是暖色调
Xiwang Ni Henhao,Weilai Doushi Nuansediao

著　　者： 三倍糖等

责任编辑： 卢水淹
特约编辑： 廖　妍
责任校对： 董　舸
装帧设计： 颜小曼　cain酱
封面绘制： Fangpeii
美术编辑： 胡彤亮
出版发行： 花山文艺出版社（邮政编码：050061）
（河北省石家庄市友谊北大街330号）
销售热线： 0311-88643221
传　　真： 0311-88643225
印　　刷： 长沙鸿发印务实业有限公司
经　　销： 新华书店
开　　本： 880毫米×1230毫米　1/32
印　　张： 9.5
字　　数： 122千字
版　　次： 2022年2月第1版
2022年2月第1次印刷
书　　号： ISBN 978-7-5511-5963-0
定　　价： 45.80元

（版权所有　翻印必究·印装有误　负责调换）

还记得年少时的梦吗?

序·言

preface

青春如初春，如朝日，如百卉之萌动，如利刃之新发于硎，
人生最宝贵之时期也

这本合集从策划开始
历经了近三年的漫长制作期
终于临近出版

在这三年里
有编辑离职，有作者毕业
有人亲人离世，有人热恋又失恋
与此同时
还有超过三千万学子
历经了学生生涯中最重要的一次考试

——

2019至2021我国高考报名人数连续三年超千万
真正的千军万马过独木桥

在浩瀚的青春书海中
“希望你很好”既是一本普通的校园小说集
又是一本不那么普通的“中国顶级学府实景小说集”
这是七个发生在中国最好的大学最好年华的故事
非但不严肃而且很励志！
我们所有的作者和制作者都真心希望
能通过此书展示出的高校美好
给你苦闷的奋斗生涯带来些许凉风
给你迷茫的青春带来一丝丝的光亮

无论你是学霸还是小学渣
都愿你如本书的标题
希望你很好，未来都是暖色调

——本书编辑蛋壳写于2021年12月7日

XIWANG
NIHENHAO,
WEILAIDOUSHI
NUANSEDIAO

目录 contents

希望你很好，未来都是暖色调

希望你很好，未来都是暖色调

目录 contents

/狭路相逢的柠檬精/

XIALUXIANGFENGDE

NINGMENGJING

文/三倍糖

1. 北大清华，大人们老是把这四个字挂在嘴边，好像这是他们逼小孩子念书的最终目的

很小很小的时候，大概四五岁，别的小孩还沉迷于《小熊维尼》无法自拔的时候，青衿已经迷上了《白发魔女传》。她觉得，武侠剧里最经典的一幕莫过于一个倜傥潇洒的少年郎挥剑指向一个花容月貌的“妖女”，一脸大义凛然又万分痛惜道：“正邪不两立，你我原非同道人！”

那时候的青衿以为，正邪就是划分同路人与否的唯一标准。直到在北大西门前看到他的那一刻，她才明白，到底当时年少。

从四岁开始，青衿的人生目标就是当妖女，可惜颜值不够，只能武力来凑。结果显而易见，她光荣地担任了其他同学成长过程中的绊脚石——校霸。而她当校霸期间干的最辉煌的一件事，就是从一群高年级男生手下救下了一只“小弱鸡”。

小弱鸡叫嬴柒，性别男，爱哭。矮矮瘦瘦，白到反光，像一截削了皮的竹竿。不过他脑瓜儿奇好，回回考年级第一。以上诸多因素，决定了他注定被人欺负。

十三年前的那个夏天，操场一隅，看在他是同班同学的分儿上，三年级的青衿路见不平，举着空啤酒瓶吓跑了四个六年级的大个头，从此，喜提小跟班一名，诨名“小七”。

一直到六年级，“小七”都尊称青衿为“老大”。从此，老大吃鸡蛋白，就有小七一口鸡蛋黄吃；老大吃鸭蛋黄，就有小七一口鸭蛋白吃；老大去扎轮胎，小七拎着文具刀；老大去偷校长菜地里的红心萝卜，小七在校道上放哨；老大数学考不及格，小七订正试卷，工工整整的字密密麻麻；老大骑自行车第一次载的人是小七，两人一起摔了个狗啃泥。总之，老大从来没后悔救下小七，一直到六年级第二学期的第一天。

青衿至今都记得，那天班主任拉着一个高高瘦瘦的大哥哥到讲台前，跟大家介绍，这是她的侄子，在北大念书。

北大？北大清华，大人们老是把这四个字挂在嘴边，好像这是他们逼着小孩念书的最终目的。可这还是青衿第一次见到活的北大人。

大哥哥很好看，白衬衣，黑长裤，给每个小朋友发了一张彩色明信片。青衿的那一张刚好是北大校门，灰瓦红墙，金框蓝匾，像古装剧里的王府大门，气派极了。

"大家有谁想上北大呀？"班主任笑眯眯地问。

班长最先举起了手，学习委员举起了手，成绩很好的同学们也陆续举起了手，青衿在零零落落的十几只手里，看到了小七的手，然后是小七的目光。

他黑漆漆的眼眸从第一排越过四十多个学生，落到最后一排的青衿身上。他希望自己的老大也能举手。

青衿却故意装作没看见。在这之前，她看见班里吊车尾的一名男生举起了手，老师笑眯眯的眼神突然变得不耐烦，那个男生慢慢放下了手。

也就是在那一刻，青衿明白了自己从来就不是嬴柒的老大。嬴柒是年级第一，是竞赛大佬，是……好学生，好到能上北大那种。而她青衿，什么都不是。

世界上的界限从来都不是非黑即白，对立分明。青衿不是妖女，嬴柒也不是大侠，且 50 分和 100 分的区别，就决定了青衿和嬴柒从来不是一路人。

2. 从小学到高中到研究生，哟，青梅竹马呀！

尽管兜兜转转十三年，她和他还是站在了同一个地方。

北大西门前，两边石狮子，青衿和嬴柒一人站一边，隔着一个个游客、一根根自拍杆对望。

青衿有一瞬间想哭。北方天空高阔得很，湛蓝的天幕下，嬴柒一身白衣黑裤，越发隽秀笔挺，简直像一根绿竹拔地而起，就差在上面刻上“北大出品”四个字了。十三年了，她终于来到了这个地方。

青衿的肚子咕咕叫了一声，她这才想起她坐了一夜卧铺，脸都没洗，身上都是火车上泡面的气息。而对面的人双手插兜，神清气爽，像是专门赶来看她笑话的。

青衿假装不认识他，拎着行李箱咔嚓咔嚓就往校门挤。保安一手拦住：“录取通知书。”

“我同学。”一张红色的校园卡在青衿眼前闪过，接着，青衿左手一轻，右肩被人搂住，就这么进了大门。

他们在一座白色的拱桥前停下，河边柳叶飘飞。青衿有些局促，她仰起头摆摆手：“好巧哇！”

嬴柒居高临下地俯视她一眼：“我给你发微信你怎么

不回？都跟你说过了，新生报到在邱德拔体育馆，就在离地铁站最近的东门那边，你还巴巴地跑到西门来，就一匾额，好看吗？”

青衿一边装作抱歉的样子：“不好意思啊，我没注意。”一边心想，这货什么时候长这么高了，肯定是因为我小时候把纯牛奶都省给他喝了！（青衿小时候最讨厌喝没味儿的牛奶）

空气凝固了半晌。

青衿反射弧这才绕回来：“你给我发微信了？”她怎么没收到？她赶忙掏出手机，或许是火车上信号不好。

一只毛茸茸的脑袋凑到青衿的脑袋上方，男孩略重的呼吸声让青衿后颈发毛，她后退一步，信口道：“你离我远点。”

“嘁，谁稀罕。”嬴柒扭身侧头，专心踢石子。

嬴柒小时候就白，现在依然白，稍微打扮一下，活脱脱一奶油小生。好在他五官立体，棱角分明，多少削去了些阴柔之感。青衿一时为色所迷，脱口而出："要不我加下你微信？"

青衿在读大学时换了一次微信号。或许嬴柒发的是她以前的微信号。

"老大！"

就在这关键时刻，一个穿黄衣服的寸头男生从嬴柒背后勒住他的脖子："哇！真的是你！你今天穿这么隆重是去相亲吗？哎哟，今天的组会你能不能罩我一下，我昨晚上熬了一宿，五分钟前我才做完 PPT 啊啊啊……"

青衿觉得头皮一紧，小声嘀咕："天哪，研究生都这么苦兮兮吗？"

"只要你不玩一宿的《王者荣耀》，直到天亮了才开始找选题，你就不会这么'辛苦'。"嬴柒拿出手机对着青衿，"二维码。"

青衿赶紧调出二维码。

顾虎风一副"遇见公鸡下蛋"的表情盯着自家老大，

和老大旁边那个瘦瘦小小的女生。他家老大什么时候主动向女生要过二维码啦？

他再看那女生，白T恤，粉色背带裙，长相只能算清秀，身材嘛，像中学生。

那么，真相只有一个，顾虎风大叫——

“是哪家阿姨拜托照顾的小妹妹呀？刚上大一吧？来来来，师兄带你逛逛未名湖。”

嬴柒一把捏住顾虎风就要搭上青衿肩头的胳膊，用力甩开：“还不滚去实验室？”

“你告诉我你俩什么关系我就走，要不然我到实验室告诉老板说你女朋友来找你了。省得他一天到晚给你介绍这个介绍那个，还一个都不给我们介绍。”

顾虎风一双八卦的眼睛滴溜直转，逼得对面两人同时开口。

青衿：“高中同学。”

嬴柒：“小学同学。”

顾虎风有脑子地串了一下："从小学到高中到研究生，哟，青梅竹马呀！"

嬴柒遥望远方。

青衿忙摆手："我们初中没在一起上，大学也没有。"

顾虎风拍手："那是余情未了哇！"

青衿脸色通红。嬴柒本科就读的北大，这样一来，倒真像是她屁颠屁颠追着人家的脚步走。

嬴柒假咳了一声。

顾虎风立马改口："真是天赐良缘哪！"

嬴柒侧脸看风景，青衿只看得见他绷紧的嘴角和长长的睫毛。

他不高兴了。青衿心想。

而同寝了四年的顾虎风却看出来，这是老大很高兴却刻意掩饰的伪装。

青衿觉得自己有必要解释一下，她不喜欢搞暧昧，也不想占人便宜。

“那个，真要说什么关系的话，其实，小学时候，我是他的老大。”

3. 老大的老大

“哎？”顾虎风一双细长眼努力瞪大，指向嬴柒，“老大。”接着指向青衿，“老大的……老大？”

嬴柒心里闪过一句脏话，面上已经开始发青。他心想，你要是再多说一句，我就把你摁进未名湖当鱼饵。

青衿不负所望，望着对面花圃里高高耸立的华表，回忆起过去的丰功伟绩：“你不知道吧？你们老大小时候可矮了，还爱哭，老受人欺负，我们俩呀，其实就是大姐大和小跟班的关系，没你想象中那么曲折哈哈——哈……”

青衿在嬴柒能杀人的眼神中闭了嘴巴。

“你住哪儿？我先送你去宿舍放行李，再带你去邱德拔体育馆报到。”

青衿刚想意思一下地拒绝，顾虎风又叫了出来：“老大老大，老板说他今天上午要开瓢，组会让你来主持。”

嬴柒看了眼手机，问顾虎风：“大师兄呢？”

“大师兄跟着师娘出国参加研讨会了，就德国那个本来指定你去的，这么好的机会……”

嬴柒又开始假咳。

“那二师兄……二师兄回老家了。”嬴柒皱眉，突然又想到什么似的问，“小师姐呢？”

顾虎风四下看了看，趴到嬴柒耳边：“小师姐相亲去啦！鹊桥上发帖认识的男生哦……”

“让她回来！”嬴柒拉了行李箱就走。

“不行、不行，小师姐会打死我的！你又不是不知道小师姐那手劲儿！”顾虎风拉住行李箱的杆子，哭爹告娘。

“那什么，我一个人也可以找到那边的。”青衿挥了挥手机，意思是“不是还有百度地图吗”。

偏偏手机这时候响了起来。是她的发小，潘甜。

“小青青啊，你到学校了吗？我弟他已经在东门那边等你了啊！你到那边了吗？”

“真不用麻烦了，我自己可以的！”

“嘿！你傻呀！你真以为我让他去帮你带路的呀，我这是在介绍你俩认识！我表弟跟你一届的，相貌端正，品学兼优，奖学金拿到手软！你不要客气，该花的花！我这个姐姐已经批准啦！到时候结婚时我就不给红包啦！”

甜甜嗓门儿一点儿不甜，还超大，青衿想调低音量，又怕显得刻意，只能一面慢吞吞挪远，一面望着嬴柒尴尬地笑。

嬴柒配合地扬起一抹讽笑。

“你怎么不说话呀？你到哪儿啦？你发个定位给他，你不是有他微信吗？”甜甜的声音再度响起。

嬴柒哐当一下甩开行李箱，冷着脸走了，走得那叫一个干脆。

刚好刮过一阵妖风，青衿灰头土脸，在心底哀号自己活该。

“老大大，那我也先走了啦！以后有机会再见！”顾虎风冲青衿一鞠躬，追嬴柒的背影去了。

4. 燕园也不大怎么想遇见一个人这么难呢？

青衿也很想再见，可惜一直到国庆节，她都没有偶遇过嬴柒。燕园也不算大，学生能去的地儿不外乎食堂、教学楼、宿舍，为什么想遇见一个人，这么难呢？

青衿第一百零八遍告诉自己，她来北大不是为了小七而是为了梦想，却又忍不住打开微信通讯录，点开嬴柒的头像。好像是他小时候的照片，穿着开裆裤，还举着一团棉花糖，高度模糊。

青衿又点开他的朋友圈，都是转发，还都与专业相关。

青衿退回聊天界面，望着一片空白发呆。也不知发呆了多久，手机突然振动了一声。

结果白欢喜了一场。

舍友连珠炮弹地发了一长串消息，大意是你今儿中午要是有空的话，就跟我男朋友的舍友见个面呗！就当交个朋友。

青衿纳闷儿，怎么最近桃花运都挤着来了，刚刚打发了一个，又来一个，最最希望来的那朵却怎么都不出现。

青衿和那男生约在燕南食堂，两人见了面，客气地寒暄一场，点了香锅，端上楼去吃。

燕南的食堂四面中空，坐在二楼边上，楼下看得清清楚楚。

“我叫周康洲，周朝的周，健康的康，然后是三点水的洲。”男生一坐下就开始自我介绍，从身高体重，个人喜好到父母家境。

青衿有些尴尬，怎么觉得这么像相亲呢。她一边点头，一边往楼下看。

十一假期，燕南空了许多，不再像上课期间那样有许多人站着吃。青衿的目光突然落到冷菜拼盘区的一个男生身上。

男生个子很高，穿着灰白横条的针织衣，米色休闲裤，发型很乖，后脑勺却翘起一绺黑发。他正在跟阿姨指着玻璃框后面的金针菇拌木耳。

“你们中文系的女生看起来真文静啊！”男生推了推黑色框架眼镜。

“你们数学系的看起来就很聪明啊！”青衿挑出一根香菜，笑盈盈道。

男生一愣，脸红着说：“你不喜欢吃香菜呀？早知道不放了。”

青衿也跟着一愣，把香菜送入口，笑眯眯地说：“喜欢香菜才单独夹出来吃的。”

叫周康洲的男生松了一口气，又开始介绍起自己的小学、初中、高中和大学来。

虽然知道不礼貌，青衿的目光还是忍不住往楼下瞟。

楼下的那个高个儿男生又点了一份酱鸡翅。青衿突然想起，小七也很喜欢吃鸡翅，小学时他家准备的盒饭里总有好多可乐鸡翅。那是真好吃。

“你是不是不喜欢我呀？”周康洲的声音突然很沮丧。

“这……我们才第一次见面哎，喜欢不喜欢的……”青衿有些尴尬。

“可是你一直在往楼下看。”

对面的男生神情很认真，让青衿有点莫名心虚，她觉得自己有点渣。

既然要听实话——

青衿倒着筷头虚虚指了指楼下高个子男生的背影：“那个是我的理想型身高。不好意思啊，我对身高有执念，必须一米八以上。”

青衿本以为对方会生气，谁想周康洲却长辈似的叹口气：“你们这些小姑娘啊！成天的偶像剧看多了，总想着一米八的，又高又帅的，一点儿都不肯将就，这样下去，找得着合适的才有鬼！”

青衿本想辩解一下，自己不是那么肤浅的人。

周康洲大手一挥：“不用解释，我妹子跟你一个样儿！

既然咱俩凑不成一对，我就当多了个小妹吧！以后要是有困难，随时找我，不用客气！”

青衿听这腔调、这口气，试探着问：“您是东北人？”

对方一双大眼瞪成铃铛：“我说妹子，刚抬头我就说了我老家是哈尔滨的，你光顾着看楼下小白脸，啥都没听见是吧？”

既然谈开了，周康洲也不忸怩了，声音也大起来了。

楼下的男生闻声回头，和青衿撞了个对眼。

妈呀！嬴柒！

青衿拿包挡住脸，对着周康洲道：“大哥，我有急事，先撤了！”说完就拎包走人，比龙卷风还快。

周康洲正一头雾水时，楼下高个儿男生端着个盘子过来了。

嬴柒最终还是被师娘揪去德国当小工了，一整个月又是整理文献又是观摩手术台，忙得昏天黑地的。他怎么都没想到回国第一顿饭就撞见青衿约会，他抱着“好好”打招呼的心态上来，结果人早溜了。

周康洲看对面的哥们儿目光不善，秒怂："兄弟，我刚刚真不是故意说你是小白脸的。是我对面那姑娘老盯着你瞧，还说你是理想型，我教育她呢，看人不能光看——"

"她说我是她的理想型？"嬴柒口气加重地重复，丹凤眼高高挑起。

"兄弟，别这么小气嘛！人姑娘只是幻想一下，又没拿你——"

"巧了，她也是我理想型。"嬴柒满意地飘然而过。

周康洲琢磨了好长时间，突然大怒："钱哥牵的这什么不靠谱的媒啊！大过节的我不出去'嗨皮'，巴巴儿地跑来吃狗粮！"

5. 他们俩的名字常在年级榜单相遇，现实中却只见过几次

青衿溜回宿舍后，躲进被窝，鬼使神差地开始找上一

个微信号的密码。她逼疯了大洋彼岸正在睡觉的好友，才集齐三枚验证码，成功登入阔别三年的微信号。

消息提示音一连串涌入，青衿点开那个“高糊”头像，一条一条地往上拉——

9月2日 20：08

【百度地图截屏】（从火车站到学校的地铁线）

地铁线，你要是不愿意坐地铁的话，学校也有大巴接，但那个比较慢

9月3日 8：01

我今天一天都有空，在东门邱德拔体育馆等你。

9月3日 10：10

到学校了没？

9 月 3 日 10: 30

你该不会是被人绑架了吧?

9 月 3 日 10: 35

你回句话能死啊?

也就这几条消息。

青衿心里有些空,她抱膝蹲坐,问自己,到底在期望什么。

她看向桌架上的小学毕业照。照片里，那个瘦瘦小小的男孩站在第一排,两道眉毛拧在一处。第三排的高架梯上,一个高高胖胖的女孩没看镜头，目光落在男孩头顶上。

小学毕业后，嬴柒去了市一中，青衿去了市二中。初中三年，青衿拼了命地学习，把一身肥肉都学没了，最后还是以 10 分之差落榜一中。奇怪的是，当年中考状元嬴柒却从一中转学到了二中，原因众说纷纭，主流说法是为了二中的十万奖学金。

高中三年，青衿长期占据文科第一，嬴柒稳坐理科第一，他们俩的名字常在年级榜单相遇。可现实生活中，青衿只见过嬴柒几次，每一次见他，都觉得男孩长得更高了，男孩的目光很陌生。

她知道小七在生她的气，可是她没有办法承诺她自己办不到的事。她真的有一直努力地在缩短他们之间的差距。她高中想了三年，只要一考上北大，她就去找他告白。可惜命运弄人。她早知道，她和他不是一路人。

手机突然振动了一下，从床栏缝隙滑下，“啪嗒”一声坠地。

舍友冯岚刚好进门，从地上捞起来，递上去：“哟，碎屏了！”

青衿哭丧着脸接过，却发现一条新消息——

“明天我们科有个心理测验，急需人，有空帮忙吗？劳务费 50 元一小时。”

“碎屏了还笑成这样？今天两方会谈不错呀！”冯岚

八卦。

青衿点头附和：“不错、不错。”

6. 连定量统计都不会，这是怎么考上北大的啊？

青衿提前半小时到了哲学楼。

楼道里闹哄哄的，都是一群等着测试的人。青衿找了半天，都没看到赢柒。十分钟后，一个穿白大褂的男生开始点名，大家一个个被安排进了教室。

“你也是来参加测试的？”男生看青衿一个人孤零零在楼道里看东看西，友好地问，“你可以把你的测验项目，还有时间段给我看看。”

青衿有些尴尬：“那个，这个我也不是很清楚……”赢柒让她来，她就来了。

“老大大！你怎么在这里？是来找我们老大的吗？”顾虎风猴子一样蹿进楼道，绕着青衿开心地转圈。

青衿略一点头，默认：“赢柒呢？他说有个心理测验缺人，让我来参加。”

“老大去接人了，也不知道什么人这么大架子——不过我们实验早招满人了呀！”顾虎风扭头问白大褂男生，“哪个项目缺人吗？”

男生摇头。

青衿纳闷儿，正想给嬴柒发微信，就收到他的消息：“我在你宿舍楼下，你下来了吗？”

青衿：“我已经在哲学楼了。”

嬴柒就没见过这么蠢的女孩子，他闷头赶到哲学楼，所有的怒气却在看到青衿时全都散了。她今天穿了一身湖绿色连衣裙，化了淡妆，黑发半扎，发尾带点卷，有一种不事张扬的精致。

他绷紧了想弯起的嘴角，走到青衿身边：“以后别这样了。”

“啊？”青衿有些蒙。

嬴柒浓眉高高挑起。

“哦……”青衿低头数方砖，“他们说测试不缺人。”

“那你帮我看一下衣服和包。”嬴柒把包丢给青衿，又把外套脱了下来，甩到青衿肩上，换上白大褂，脸不红心不跳地进了教室。

青衿：“？？？”

她用眼神问顾虎风：你老大是去打篮球的吗？

顾虎风冲自己未来的大嫂摆出微信同款龇牙表情包，相当乖巧。

青衿只能默默地顿在楼道里当存包柜。

还好带了电脑，她找了个椅子坐下，做起课后作业。

系里指定这届学生必须选一门传播学的课，选就选呗，本来以为只是学一些不搭噶的理论，谁知道还要学统计，用 SPSS 进行定量分析，每节课都像是在听天书。

青衿对着系统导入数据又导出，倒腾了很久，也没统计出个啥来。她正烦时，头顶上飘下几个字：“先做 T 检验。”

青衿应声抬头，鼻尖擦过嬴柒的下颚，两个人都愣了半晌。

嬴柒的下颚线清晰分明，嘴唇很薄，鼻梁很高，眼睛……青衿别开眼，低下头。

“咳——你看你这个样本量比较小，样本取自正太总体——看电脑。”嬴柒的指尖快把青衿的电脑屏给戳破了。

青衿只能跟着他一步一步在楼道里补习。这么可怕的一天终于还是来了，她很怕嬴柒教着教着，最后发现她青衿是一个无可救药的大笨蛋。

可是，嬴柒似乎很耐心：“这边，分析 - 比较均值 - 单样本 T 检验……”

一个脑袋凑上来，听了一会儿，忍不住感慨：“连定量统计都不会，这是怎么考上北大的呀？”

青衿老脸一红，拨一拨碎发，想挡住自己的大脸。

“凭实力考上的！”嬴柒踢了凑上来的小师弟一脚，似乎还不解气，又补充道，“术业有专攻！人家能背《文心雕龙》，你能吗？”

小师弟把笔往白大褂胸兜里一插，贼眉鼠眼地笑开：“这么护短？难不成是嫂子？”一边回头看顾虎风。

青衿做娇羞状，低头默认。

“是我老大！”嬴柒拿着实验数据敲小师弟的头，“以后见了面要叫大佬知道吗？”

青衿：“……”

7. 她辛辛苦苦十三年终于考进北大，可不是为了收个小弟啊！

那天之后，青衿和嬴柒开始频繁地偶遇。

准确地说，阔别十三年，嬴柒又重新坐回了青衿的小弟的位置。

碎掉的手机屏是嬴柒换的。

SPSS 课程是嬴柒教懂的，整个燕园也是嬴柒带着逛的。

农园的香锅和注水冰激凌、国安的糯米豆沙糖葫芦、松林的生煎、学一的冷面和酱肘子、学五的鸡腿饭、小白房的麻辣烫、勺园的东坡肉，嬴柒一样样带青衿吃过。

图书馆 223 阅览室倒数第二排自习桌风景最佳，也是嬴柒告诉青衿的。

可是，不对劲。

嬴柒带青衿做完了情侣能在这个园子做过的所有事，可一见到青衿，开口就是“老大”。有几次，青衿肥着胆喊他“小七”，他也乐呵呵地应下了。

青衿有些崩溃，她辛辛苦苦十三年终于考进北大，可不是为了收个小弟呀！她坚信嬴柒不是搞暧昧的人，那答案只有一个，对方真拿她当兄弟。

那这十三年就只是她的一场单相思？

青衿好几次都想直接问出口，又怕极了问出口后，连兄弟都没得做了。

这么一拖再拖，直到某次通宵论文后的宿舍聚餐——

青衿正啃猪蹄啃得不亦乐乎，舍友冯岚突然拉住一个人："青衿你弟！青衿！别吃了——"

青衿从猪蹄火锅中抬头，就看见大个头美少年冰着脸对着自己。

"Hi！"青衿招财猫似的摆了摆油光熠熠的塑料手套，一一介绍，"这是小七，本名嬴柒，嬴政的嬴，大写的柒；这是冯岚，这是颜芝，这是慕容醴。"

"原来这就是你弟呀！谢谢你的 SPSS 教程啊！我代我们全班同学感谢你！"颜芝抓住青衿的左膀。

"哇！青衿你弟这么帅，不早点介绍给我们！"慕容醴抠住青衿的右臂。

"姐妹们，我的白衬衫哪！"青衿盯着衣服上的几个油印子哀号。

"你把你弟介绍给我，我给你付洗衣费。"慕容醴又是一掌拍下，凑到青衿耳边很"小声"地说。

颜芝跟着起哄：“你把你弟介绍给我，我就把我哥送给你，读剑桥那个！一米八哦，长得像刘昊然！”

明眼人都看出来是开玩笑，嬴柒却冷笑一声：“你全班同学都以为我是你弟？”语气里满是讽刺与不屑。

火锅嘟嘟冒泡，热气蒸到青衿眼上，她突然觉得很委屈，他以为，她乐得当他姐吗？

冯岚戳青衿的腰：“你弟怎么好像生气了？”

青衿调整了一下表情，扬起没心没肺的笑脸：“有问题吗？你的整个师门都知道我是你的老大呢！”

两个人相互瞪眼，摆出“来呀！互相伤害呀”的气势久久对峙。

青衿看到嬴柒撑不住，眨了一下眼，心里莫名很爽。她告诉自己，挺住，这是一场持久战，气势上绝对不能输。

谁知，下一秒，嬴柒就要赖。他单手拉过青衿，一把把人扯出店门外。

“所以，这么久了，我连备胎都不是？”嬴柒把青衿困在墙角质问。

林荫道上人来人往，霓虹灯与车灯混在一处，四处都是谈话声。嬴柒的声音不大不小，却有一股刺人的悲愤。

青衿一时间有些恍惚："你……你什么意思？"

嬴柒双肩微沉，目露凶光，青衿很怕他下一秒就招呼她一巴掌，赶紧缩肩闭眼。

嬴柒看对面女孩那副怂样儿，真是又可恨又可爱，一口气堵在胸口，上不来，下不去，最后急得红眼，一把摔掉布袋包，吼道：

"我放弃学术会议去接你报到，我提前翘掉组会陪你吃饭，我放着一大堆的论文不写陪你去看电影，我为了和你一起看十佳提前晚上扎帐篷在新太阳前等派票。我做这些……我脑子是被驴踢了我做这些，就是为了当你小弟吗？"

布袋包里的文件散了一地，一沓英文文献砸在青衿脚上。青衿的心"咯噔"一下，鬼使神差地问："你做这些是为了当我的男朋友吗？”

女孩的目光里充满了无法理解与不可思议，嬴柒滚烫的心迎头被泼了一瓢冷水。他挺直脊梁，依然难掩口气中的丧气：“青衿，我告诉你，从六年级开始，我早不是你小学时候可以呼来喝去的小弟了！”

青衿拉住嬴柒的衣袖：“我——”

“以后不要再来找我！”嬴柒甩开女孩的手，大步走开，背影落寞而倔强。

青衿盯着那背影半晌，慢慢开口：“我想说我愿意呀……”

8. 我早就不是你小弟了，你但凡有点人性，你就放过我吧

嬴柒又完全消失在了青衿的生活中，干净利落。

十月匆匆而过，青衿都从短袖穿上大衣了，她还是没找到嬴柒。

立冬那天，她好不容易在学五遇到顾虎风。两人一对眼，还没等她打招呼，对方就凑上来了："哎哟大嫂，你是不是跟我们老大吵架了？他这一个月简直是阎罗王附身，虐身虐心还虐我们，你赶紧哄哄我们老大吧！"

青衿话还没说，脸就红了一半："他……他还好吧？"

"不好、不好！我们老大发烧了！谁让他一个月赶那么多课题，累死他！"顾虎风顶着两个硕大的黑眼圈，愤愤不平。

"那去校医院看过了没有？"青衿担心地问。

顾虎风用一种"拜托有没有搞错"的目光上下扫视了青衿一眼，嘴贱道："我们医学生自己随便搞点药吃吃就行了。"

青衿急了："这怎么能随便吃呢？"

"就什么头孢哇、诺佛沙星啊、阿莫西林哪混着吃吃，总会好的。"顾虎风掰着指头胡侃，看着青衿脸色一点点惨白。

怎能轻言放弃
Never admit defeat

你们去玩吧
我去学习了！

拖延 You're sick
是一种病

单词背了吗？

题刷了吗？

听妈妈的话
好好学习
乖乖长大

扶我起来
我还能学

同是寒窗苦读
怎能甘拜下风

拒绝手机！
考神附体！

不要假装很努力
成绩不会陪你演戏

满分
两个大题没压中，
一行热泪上青天
Me
My Father
快去学习！
五年高考
三年模拟
刮骨也不忘学习
东风恶。欢情薄。
一张试卷，几年离索。错错错。
俺这就去学习
举头望明月，
低头思考题
这孩子，
不学习，不要也罢！

黄金7日梦想卡

我的小目标：

第一天 目标	完成情况
第二天 目标	完成情况
第三天 目标	完成情况
第四天 目标	完成情况
第五天 目标	完成情况
第六天 目标	完成情况
第七天 目标	完成情况

若完成则**奖励自己（及执行人）：**

若未完成则**甘愿：**

监督人（签字）： **执行人（签字）：**

备注：可设定一个小目标，例如：七天背两百个单词或做完一本试题或减重五斤或连续七天打卡跑800米，并将目标拆分，分日期完成，可以给自己设计奖励还有惩罚制度，请你的朋友帮忙监督。

黄金 7 日梦想卡

我的小目标：

第一天目标	完成情况
第二天目标	完成情况
第三天目标	完成情况
第四天目标	完成情况
第五天目标	完成情况
第六天目标	完成情况
第七天目标	完成情况

若完成则**奖励自己（及执行人）：**

若未完成则**甘愿：**

监督人（签字）： **执行人（签字）：**

备注： 可设定一个小目标，例如：七天背两百个单词或做完一本试题或减重五斤或连续七天打卡跑 800 米，并将目标拆分，分日期完成，可以给自己设计奖励还有惩罚制度，请你的朋友帮忙监督。

黄金 7 日梦想卡

我的小目标：

第一天目标	完成情况
第二天目标	完成情况
第三天目标	完成情况
第四天目标	完成情况
第五天目标	完成情况
第六天目标	完成情况
第七天目标	完成情况

若完成则**奖励自己（及执行人）：**

若未完成则**甘愿：**

监督人（签字）： **执行人（签字）：**

备注：可设定一个小目标，例如：七天背两百个单词或做完一本试题或减重五斤或连续七天打卡跑 800 米，并将目标拆分，分日期完成，可以给自己设计奖励还有惩罚制度，请你的朋友帮忙监督。

“那什么我骗你的，但是老大一个人在宿舍没人照顾是真的，我待会儿把地址发给你呀！记得帮我们好好照顾老大！我去搬砖啦！”顾虎风端着盘子就溜了。

青衿买了几款常用的感冒药，想起今天是冬至，又跑到艺园打包了一盒水饺。买完水饺，她突然意识到发烧的人没有食欲，又急吼吼跑到松林打包了一份南瓜粥。走到半路，家里突然来了个电话，告诉她，今天是她生日。

青衿一拍脑袋，她生日不就是嬴柒生日嘛！他们小学生日从来都是一起过的！

青衿又跑去买了一个生日蛋糕。

这么来回折腾了好几趟，她终于往嬴柒宿舍走去。

嬴柒住在畅春新园，青衿从小西门出发，跟着百度地图绕来绕去，上天桥，下天桥，过人行道，最后钻进了一条民巷。

民巷只有巷头有灯，青衿越往里走路越黑，想往回走，百度地图又提示路线错误。

突然，路边一辆汽车摇下车窗，一个光头男人探出身：“小妹妹，你要去哪儿？”

青衿吓得屁滚尿流，拿出百米冲刺的劲头冲出巷子，一直跑到一个街口红绿灯，才停下。

青衿真的是天生路痴。她再也不想跟着百度地图乱走了，于是咬牙打通了嬴柒的电话。

一连打了两通才有人接。

“喂？”嬴柒的声音沙沙的，带着浓厚的鼻音。

“我是青衿，你……你能来接我一下吗？”熟悉的声音响在耳畔，青衿莫名委屈，连说话都带了点撒娇意味。

“我生病了。”大概有半秒的停顿，嬴柒回道。

“我知道。”

“你知道？你知道你还让我去接你？青衿，我不是跟你说过了吗，我早就不是你的小弟了，你但凡有点人性，你就放过我吧。”

同样一句话，那天分开前他说得气势汹汹，今晚却是软绵绵的。青衿却被凶到了。她本来就受到了惊吓，一开口就忍不住哭了起来："我是去看你迷路的嘛！你以为我想迷路哇！"

"你在哪儿？"

"我……我……"青衿视线里一片模糊，霓虹灯光糊成一团。

"你发个定位给我，站在原地不要动。"

青衿一边哭一边准备挂电话，电话那头的人却说："不要挂电话。"

9. 嬴柒不知道的是，他其实在吃他自己的醋！

那天之后，青衿很多次想起那个晚上。

她想着，与其干等，不如给小七一个惊喜。

可是，当她抱着点着蜡烛的生日蛋糕，从公交车站背后走到四处张望的嬴柒面前时，嬴柒脸色突然变了。

青衿以为他是惊讶傻了，笑着给他唱生日歌。

嬴柒长指扶额，脸色苍白，表情越来越不耐烦。

青衿唱到一半停下，小心地问：“我是不是又误会什么了？”

嬴柒冷笑：“你什么都没误会呀，误会的人是我。青衿，拜托你清醒一点儿，今天不是我的生日，是你前男友的生日。我也不是你前男友的替代品。”

“前男友？”青衿下意识地反问，她什么时候有个前男友？

“还有，你们俩天定姻缘，你们俩生日在同一天，我祝福你们！生生世世！白头偕老！有事没事别拿一个生日蛋糕来恶心病人。”

嬴柒说完，掉头就走。

青衿就这么愣在街头，一直到顾虎风赶来，把她领回学校。

一直到第二天，青衿才慢慢想起“前男友”这茬儿。

那时候她读大一，以前高三同班的一个男生突然跟她告白，死缠烂打，前追后堵，她实在没办法了才杜撰出一个男友让他死心。谁知这哥们儿不信，非要确认她的恋爱史。

青衿把生平所看的言情桥段全都套自个儿身上了，什么两人是在图书馆同时看中一本书遇到的，什么两人的生日是同一天，刚好这一天，对方向她告白啦……编到最后，她自己都恶心死了。

那哥们儿竟然还要照片，她直接甩过去一张和学长的合照。此学长乃花花公子，偶像脸，大长腿，逢女必撩。青衿觉得他不介意自己再多一个女朋友。

万万想不到，哥们儿告白不成，反手把照片甩到高中QQ 群里。从此青衿的恋情天下皆知，最后青衿因“男友”出国而伤心分手。

什么叫搬石头砸自己的脚？青衿感觉自己完美诠释了这个成语。

其实，青衿一点儿也不了解那个学长，在她的想象和描述中，脑中浮现的那个身影都是以嬴柒作为参考的。

赢柒不知道的是，他其实在吃他自己的醋！

可是赢柒的生日明明在冬至啊！青衿记得清清楚楚的。难道从小学开始……

青衿开始窃笑，她翻箱倒柜找出一张旧照，给赢柒发过去。

照片里，十岁的她和他捧着一个生日蛋糕，对着镜头笑。

赢柒半个小时后回复道："明晚十点，博雅塔底下见。"

10. 这是第四个，你用点脑子好不好！

冬天的未名湖杨柳枯萎，妖风阵阵。

青衿和赢柒绕着湖干走了半个小时，谁也没有开口。

"你找我来干什么？"青衿决定先打破沉默。

赢柒有些局促，他闷头疾走，一直走到石舫前才停下，然后，指着路边的柳树枝："你看，柳树结果了。"

博雅塔的灯光倒影在结了冰的湖面上，照亮了柳树枝丫。

青衿看到，一根结实的枝干上，挂着一颗平安果。

她欢呼一声，急忙摘下，转身看着嬴柒，眼睛亮晶晶的。

“谢谢你！”

嬴柒有些不好意思地撇开目光。

“这是我长这么大，第一次收到别人送的平安果哎！”青衿再次表达感谢。

“你上高中时，小卖部老板是不是每年都送你一颗平安果？”嬴柒突然问。

“对呀！你怎么知道？难不成你也收到过？”青衿谈起往事，激动大叫，“我就说嘛，他一定是卖不出去了，把别人挑剩下的劣质产品给我们了！”

“我看你脑袋才是劣质产品！”嬴柒抢回青衿手里的平安果。

“你还我！送出去的东西哪有收回去的道理！”青衿上蹿下跳。

“你这么喜欢，让你前男友送啊！你们之前那么恩爱，他一个平安果都没送过你吗？”嬴柒酸溜溜地挑衅。

青衿觉得此刻的小七特别可爱，像小时候一样可爱，便想逗逗他："那是我不稀罕。我要愿意的话，他现在就能空运一颗苹果给我送过来。"

嬴柒听了这话，气得在小道上来回走了三圈，最后扔铅球一样把平安果给扔出去。平安果在冰面上滚了几圈，最后落到湖心边缘。

"哎！我的平安果！你这人怎么这样！"青衿气得直跺脚。

嬴柒拉长耳朵做鬼脸："你让你前任空运哪！"

他说完就走。

青衿打开手机电筒，观察了片刻，还是决定冒险一下。

她扶着山石一步一步下到冰面，先伸出右脚试探了几下，发现挺结实。灯光往下照，冰层好像还挺厚。跳一跳——哎！完全可以！

青衿试着往前挪了一步，又一步，离湖心越来越近了，风也越来越大，直往脖子里灌。

青衿的腿在发抖，她随手想往回撤，可惜离得越近，她就越不想这么空手而归。

终于，苹果在她的可控范围之内了，可是，在她弯腰的瞬间，她清晰地听到了冰层断裂的声音。她腿一软，跪在冰面上。

慌张间，她感觉右臂被什么扯住了，然后，整个人不明所以地被倒着拖行回到岸边，一路上冰层发出咔嚓脆响。

刚上石舫，青衿就看到湖心那块冰层轰然塌陷，连带着苹果滚落下去。

“说你傻你还真傻呀！就那么个破苹果，值得你去，去——”嬴柒气结。

“当然值得，这是我收到的第一个平安夜苹果。”青衿一边肉痛，一边很认真地回答。

“不是！不是！不是！”嬴柒气急败坏，“这是第四个，你用点脑子好不好！”

青衿一脸问号。

嬴柒崩溃吼道："高中那三个是我送的，我可是特意买的最贵的！你还劣质产品，你简直——"

"蛇！蛇！"青衿突然大叫。

"哪里？哪里？"刚刚还气势汹汹的大男孩瞬间八爪鱼一样缠住女孩。

青衿满意地回抱住他，问："喂！你是不是很久之前就开始喜欢我了呀？"

嬴柒知道自己受骗，想往回挣，却被青衿紧紧抱着，女孩的发香萦绕鼻尖。他忍不住把脑袋埋在女孩颈间，摇头。

"那是从小学开始？从我英雄救美开始？你老实说，你真正的生日是哪一天？"青衿甜蜜地问。

嬴柒又摇头。

"那是什么时候？"青衿不解，使劲推开男孩，想盯着嬴柒的眼睛，一探真假。

嬴柒把她拥得更紧了，在她耳畔轻诉："更早之前。"

更早之前？她认识他吗？

那晚，青衿做了一个梦。

梦里，在游乐场，她和爸爸妈妈走散了，因为身边有个卖棉花糖的小摊，可惜她没钱，只能干看着。

一个小男孩走了过来，递给她一团粉红色的棉花糖。她刚想伸手去接，小男孩却把手收回："收了我的棉花糖，就要当我媳妇儿，你干不干？"

青衿歪着脑袋想了一下，觉得还是棉花糖重要，于是，伸手去接。

"咔——"一个漂亮阿姨抓拍住这个瞬间。

原来，在那么早那么早之前，她和他就已命中注定。

青衿在梦里笑出声来，关于"前任"嘛，她会跟那颗柠檬精好好解释哒！

I hope you're fine, The future is warm.

关于《狭路相逢的柠檬精》的小采访

Q 采访人：蛋壳

A 被采访人：三倍糖

/ 作者简介 /

三倍糖，北京大学中文系硕士生。爱各种口味的音乐、小说和泡泡糖。爱蹲 B 站，爱甜茶，爱发糖，最大的梦想就是写遍古今中外春风得意马蹄疾的少年！希望能通过自己的文字，给大家一个向日葵一样的青春。

代表作：《百分百喜欢你》

蛋壳：在你心中，北京大学是一所什么样的大学？

三倍糖：自由、包容。可以只想不做，也可以只做不想，可以边做边想，还可以不做不想。是一个你做任何事情，都

◎ *百年五四现场活动照，我的名字就在里面哦～*

会有人包容和理解你的地方。譬如，半夜在未名湖的石舫上吼几声“淡黄的长裙，蓬松的头发”，完全没关系，只要你跑得比保安快就行。

蛋壳：在北大读书是一种什么样的体验？

三倍糖：一种“为什么我要用百度地图找体育馆和教学楼在哪里”的体验，一种“我

◎ *小松鼠吃松子～*

怎么就沦落到端着盘子、站在食堂吃饭”的体验，一种“一节课被开了二十本书单”的体验，一种“漂亮的善男善女如此之多，一个个都与我无缘”的体验，一种“下一次，我坚决不为了贪便宜在燕园理发店理发”的体验，一种“走到哪里都能遇到贪吃的小松鼠”的体验，一种“想在燕园过一辈子”的体验。

在校期间有很多很美好的回忆。

关于食堂：

因为教学楼附近的食堂只有农园和燕南，所以一到饭点，那真的是人山人海。如果上午十二点下课，下午一点上课，食堂又无空座，那么你可以选择手端盘子站着吃，手端盘子坐在石阶上吃，或者多走几步路，去绿萝凉廊下的长椅上吃，很多留学生喜欢坐在那里吃，吃完记得回食堂还餐盘。

其他食堂虽然挤，但都有位置坐。松林包子赞，勺园适合请客聚餐，佟园是清真食堂，小白房的麻辣烫好吃，学一风景最佳，学五再晚都有饭吃，对了，农园还有厨艺大比拼，大厨们拉票时会多给菜哦！

艺园二楼有早茶，有烧烤，还有小惊喜。有一次和好朋友去吃早茶，大厨送上免费甜点——燕园水信玄饼，心情因此粉嫩了一整天！

◎ *艺园大厨赠送的小惊喜～*

关于课堂：

课堂形式多种多样哦，遇到有名的老师的大班课，要提前一小时去占座，不然就得站两三个小时听课了。小班研讨课会好一些，但是得时刻提防着老师苏格拉底式的提问。

有一门课，我印象很深，是探讨新媒介技术应用的课。授课老师要求学生积极运用新媒介来做 pre 展示，还下载了“好弹幕”在教室电脑上。

老师理想中的课堂是：小组成员一边展示，一边根据 PPT 上飘过的弹幕，如“热媒介与冷媒介在不同的技术年代，区分方式也会不同吗”，跟台下的同学们展开激烈的学术争论。然而，现实的弹幕是“哇！小哥哥好帅呀！可以要你的电话号码吗”“小姐姐的眼影超漂亮，请问是什么色号的呢”……最后，老师忍不住了，自己发了一条弹幕“请大家尽量提出有意义的问题”。一片静默……

还是这门课，先做展示的小组占便宜。前面的小组多媒体、话剧、直播各种媒介都展示过了之后，后面的小组放大招了。整整一个小时的展示稿，都被他们用人工语音念了。想象一下那冰冷、僵硬、毫无感情、断句都有问题的人工语音，还磕磕绊绊念了几个英文单词，就能想象出那节课老师的脸

◎ *盛夏，去往图书馆的路上……*

◎未名湖的冰面，平安夜，青衿捡赢柒送的平安果的地方哦！

有多黑……

也不是所有的课都这么有趣的。有很严肃的课，老师会要求我们每周读一本社科书，写读书报告，Word 文档，必须超过十页，杜绝抄袭，抄袭一次，坚决挂科。为此，我辈简直是“铁肩挑道义，秃头着文章”。听闻上届学长有一妙招，放大字体字号与行距，以一页之内容当十页之势，也不知道这位学长重修了这门课没有……

其实，老师的要求很朴实，那就是读书——真正地去读书，一页一句一字地去读，去思考与感受。不是从百度百科或者豆瓣，或者教科书上去背内容梗概，而是用眼和脑去完完整整地看一本书，去感受字与句之间的绵密张力，在我们脑神经之间的隳突拉扯……

这是很朴实、很难又让人受益终身的读书方法。

关于生活：

有一次饭后逛未名湖，湖畔长椅上，见一大男人枕着小男孩的腿，横躺在长椅上。小男孩扒拉着男人的头，数着："1，2，3……10，20，30，40，50——爸爸，你长了50根白头发。"

男人懒洋洋地问："10后面是多少？"

"20。"

"是11。你爸爸我只长了15根白头发。"

"50！"

还有一次，学校120周年校庆，我好不容易在燕南食堂找到一个位置，和我同桌的老爷爷看上去有七十多了，他吃着吃着，突然问邻桌的爷爷："你是不是77级的那个×××？"

"哎呀哎呀，你是 ××× 吧？"

然后，两个白发老人带着各自的老伴拼起桌来了。

我默默在一旁掐指算：如果要参加 200 年校庆的话，我得活到……嗯，103 岁。

哎呀，燕园太长，学生太短。

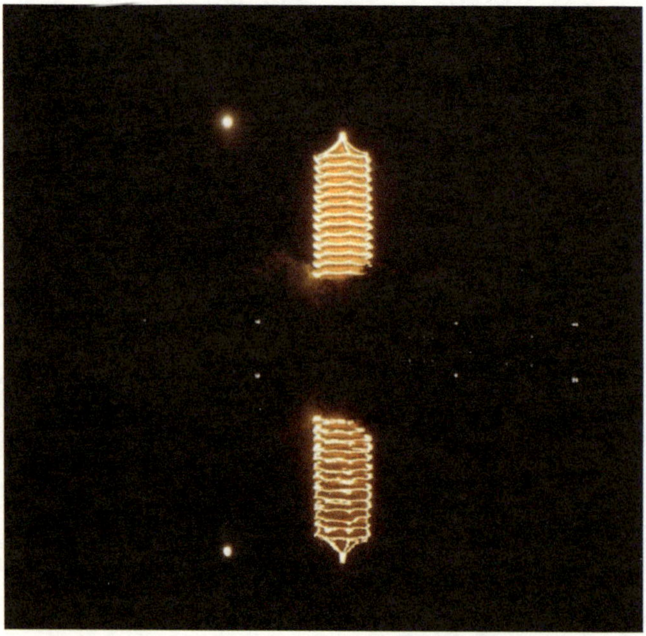

◎ 中秋的博雅塔与未名湖，分得清哪个是真，哪个是假吗？

蛋壳：历史上很多名人都曾任教或者毕业于北大，这其中你个人最喜欢的一位是？

三倍糖：鲁迅。我们活着，会遇到很多难题，每天每天，冒出来，会让我们变得越来越怯懦，去假装看不见自己的困境，这并没有错。可是，如果偶然有一天，你想试着真诚、勇敢，那么不妨看看鲁迅的散文诗与杂文吧，或许它们会成为你强大的精神支柱。

蛋壳：在北大读书期间你最喜欢待的地方是？

三倍糖：老图书馆223阅览室倒数第二排自习桌。

蛋壳：能分享一个关于北大的小八卦吗？

三倍糖：有趣的历史小故事——博雅塔是为了给全校师生供水才建的哦！

现在的小八卦——大家读过八月长安的“振华三部曲”吗？《暗恋·橘生淮南》就是以北大为背景写的哦，我可是在物美小超市、学一食堂、一教、咖啡厅找过盛淮南和洛枳故事的人哦。小说里洛枳喜欢在一教自习，因为楼老，设备落后，人少。于是，我也跑去一教自习来着，可惜旁边新图书馆在施工，哐哐哐地响，最后，还是老老实实去三教自习去了——那边有个篮球场来着……嗯，赏心悦目。

蛋壳：有什么别的学校没有的专业或者有趣的专业吗？

三倍糖：挺好奇佛学专业的，经常看到穿僧袍的学生跟我们一起上通识课，好可惜，没有机会认识。

蛋壳：有什么有趣的社团或者社团活动吗？

三倍糖：山鹰社。这可是带着校旗登过珠峰的最强社团。训练很严格的，有日常体能和攀岩训练，也有野外露营活动，很能培养人的韧劲和团队意识。因为太苦了，所以没有参加。问过参加的好姐妹，说有一次露营活动，是冬天早上 6 点在校门口集合。结果这位小迷糊睡过头了，闹钟都叫不醒的那种，等 7 点匆忙赶到校门口的时候，整个大队都在等她，准确地说，是等她背的集体设备。当事人表示很后悔，很想当场刨一个狗洞钻进去……

◎ *湖光塔影，青春与希望，都给你们~*

蛋壳：能考上国内顶尖学府的你一直是学霸吗？考第一名的时候心里在想什么？有遇到过学习上的滑铁卢吗？

三倍糖：并不是，只是花了比正常人多的时间去学习。

小学没心没肺，从没拿过第一；初中是万年老二来着，初二那年期末考，考了第一次年级第一，心里想：哦耶！终于把大佬挤下去喽！耶耶耶！

高中考到第一，心里反而战战兢兢，因为下一次，真的不一定是自己了。

习惯考第一之后，就会患得患失，这不是一件好事。现在想想，青春多美好哇！花一样的年纪，就该交一群中二的朋友，嘻嘻哈哈、吵吵闹闹、没心没肺地开心着！

滑铁卢常常有哇！高一第一次会考，地理就不及格，还被叫到办公室谈话，不堪回首……

但是很多事情，得跨过那个槛才能看透。现在，你们还在高考的槛内，所以很紧张，甚至有一种高考决定一生的错觉。其实不是，等你读了大学，你会觉得工作、实习决定了你的一生；等你工作了以后，你又会觉得户口、房子决定了你的一生——不是这样的——生活，生活本身才是最重要的，吃好吃健康的食物，交有趣真诚的朋友，看专业内外的书，

◎ 希望时光能不要忘记我们青春的模样～

听音乐，歌唱，发现一朵路边垃圾桶旁开着的三色堇，往自然本身的所在，生活。

蛋壳：擅长的科目是？可以分享一个学好这门科目的小技巧吗？

三倍糖：语文。

核心小技巧：多读课外书，读原文，读整篇，不要读摘录的片段。用我上面提到的朴实的读书方法读哦。

考试小技巧：永远多回答一步。

理科有固定答案，题目是“1+1”，答案写“2”就对了，用不着再补上“1+2=3”，但文科，尤其是简答题，或者作文，永远可以多答一步。

蛋壳：给想要报考北大的学生一个实用的建议吧。

三倍糖：选择专业很重要，一定要清楚地明白自己填报的专业是什么、学哪些课程，将来如何在工作中应用。北大是本科生导师制，所以大家可以提前去学校各学院的网站上看看各位老师的研究方向与论文，可以帮助大家大致了解将来的专业方向。

如果分数满足的话，建议大家报考元培学院，院里的学生大一自由选课，了解不同专业，大二才开始确定专业方向。

北京大学

Peking University

北京大学（Peking University），简称“北大”，是中华人民共和国教育部直属的全国重点大学，位列“双一流”“211 工程”“985 工程”。

北京大学创立于 1898 年维新变法之际，初名京师大学堂，是中国近现代第一所国立综合性大学，北京大学是新文化运动的中心和五四运动的策源地，最早在中国传播马克思主义和科学、民主思想，是创建中国共产党的重要基地之一。

“大学者，囊括大典，网罗众家之学府也……此思想自由之通则，而大学之所以为大也。

——蔡元培

/ 青春纪念手册 /

QINGCHUN

JINIANSHOUCE

文 / 小布爱吃蛋挞

我的学校位于东五环边上的定福庄，是一个盛产电视民工的地方。说起“定福庄”这名字的来历，据史记载明清时期这里是用来埋葬宫女太监的坟地，棺材上有福字头，因而叫作定福庄，学校里面有一小片核桃林，就是用来辟邪的。

“咱们学校阴气是真重啊，不说 3 比 7 的男女比例，就说下面埋着的，也没个正经男人哪。”

相传，如果你晚上独自走过核桃林，会听见……

咳咳，对不起，走错频道了，今天不是“广院鬼故事大赛”，是“我和室友相爱相杀的青葱岁月”，请大家解开安全带，放下小桌板，拿出瓜子话梅冰可乐，手机调至通话模式，随时拨打给你最亲密的室友一起“哈哈哈哈嘤嘤嘤”。

Part 0. 介绍一下要出场的可爱小姐妹

在本文中，您将看到我的六个室友，她们来自天南海北，在我的校园生活不同阶段里都别有风情地闹腾过。

娜娜：大学宿舍的舍长，其实不爱管闲事但因为不知道怎么拒绝，被推选为舍长。有些迷糊，记性不好，晚上睡觉曾掉到床下，惊醒满屋子的人后又爬上去默默睡了，第二天疑惑自己为什么胳膊疼。

芋头：拥有认真学习、热爱跑步的自律性格，会去学校后面的小餐馆打工赚零花钱，做事非常有毅力，慢热，直到快毕业了才和宿舍同学产生深厚友情。作为南方姑娘无法接受在大澡堂洗澡，总在快要停电熄灯人最少的时候八百米冲刺洗个澡。

小井：爱看韩综、追韩星，以一己之力让全宿舍的人养成了一起吃饭看综艺的习惯。平日里穿着高跟鞋化着精致的妆，却是个在宿舍拿瑞士军刀一块块片羊腿的姑娘，甚至把金工实习时做的小铁锤放在枕头下时时枕着。咱也不知道她要干吗，咱也不敢问。

西西：敏感爱哭也爱笑的小公主，永远在追求变漂亮的路上，除了日常看美妆博主的直播，还试过激光祛斑和激光矫正近视。最出名的事迹是有次出去外拍，手机没电了没联系上她妈，结果她妈认为她被绑架了喊来了警察……

大王：宿舍的追星扛把子，粉的还是 CP，经常切换小号跟唯粉吵架，并且善于从玻璃碴里找糖。几乎每天晚上都要和隔壁小伙伴交流偶像的最新动态，并且会在看到 CP 的任何消息时在床上打滚发出猪叫声。除了追星，剩下的时间辗转各实习单位，成功地在毕业后拿到北京户口。

静静： 白富美。读研期间出国留学，认识了高富帅男朋友。Over。

前三位是我的本科室友，后三位是我的研究生室友。同样的校园，不同的宿舍，存在于彼此对话中的几个人，在我的婚礼上聚首过一次，一边吹着气球说“久仰久仰”，一边绑着花带说“幸会幸会”。

Part 1. 这辈子睡得最舒服的硬板床

中国传媒大学的前身是北京广播学院。虽然我来这里上学的时候已经更名了，但是师哥师姐依旧习惯喊“广院”，我们这些新人在前辈的训导下也跟着这么叫，而且我觉得这个称呼更符合我们“电视民工培训学校”的气质。作为全国四大艺术院校之一的广院，学校面积实在小得可怜，叫它大学我都觉得不好意思。

从大一入学，到研三毕业，我在这个小天地里度过了人生最美好的七年光阴，印象里最难舍难分的就是宿舍的硬板床了。

因为校园太小，大一新生的军训是被拉到门头沟的军事基地去训练的，那地方叫作斋堂。这么多年过去了，我还能记得斋堂的馒头多么好吃，它可以和中传食堂的肉饼媲美，几乎所有军训的新生吃完饭都要偷偷藏一个馒头在口袋里，用来做半夜加餐。

当时我的军装口袋里常装着两样东西：一个是馒头，一个是手机和充电器。因为男生的宿舍里没有插头，私自带着的手机都得靠女同学帮忙带回去充电。

那天我如往常一样揣着手机爬到上铺去充电，刚插好电源线，听到走廊一阵喧闹，知道是教官们来查寝了，拿被子把手机一盖，慌慌张张地顺着手扶梯爬下去，结果那年岁久远的梯子发出了“吱呀吱呀”的声响，当时我就觉得大事不妙，然后大脑空白了几秒。

下一刻，我整个人坐在了地上，脚上还踩着跟我一起掉下来的不怎么结实的梯子。

教官们听到尖叫声动作迅速地出现在了我们宿舍，看着地上的我和其他目瞪口呆的小伙伴都愣住了。

这时，我们班那个脸黑黑牙白白的教官捡起地上滚落的白馒头，怒其不争地对我说：“让你少吃点少吃点，还藏馒头呢。破坏公物我就不让你跑圈去了，记得赔我们梯子啊。”

我吓得只会点头。

第二天回去的时候，新梯子已经焊得结结实实了，吃再多馒头都压不塌那种。

等到军训结束，大家一个个晒得像是黑泥鳅一样回到学校，脸盆都没从背上解下来就直奔校内大澡堂，抛却了羞涩和别扭，痛痛快快地洗了个热水澡，回宿舍昏睡了一天一夜。

从那时起，宿舍的硬板床好像就变得和蔼可亲起来，怎么睡都不觉得硬了。

除了大一的课程比较多，后面的几年都是自己可支配的时间更多，我的室友们一个比一个宅，不上课的时候喜欢待在宿舍刷剧、看动漫、打电话，我则是躺着看小说。

高中三年努力学习没空看的那些小说，全在大学的硬板床上补了回来，很多经典小说甚至反复看了很多遍。后来我开始追连载小说，追到最欲罢不能的节骨眼上，那个作者弃坑了……当时我恨到捶床，睡在我下铺的小井举着她的小锤子警告我："小心床又塌了。"

她说的床“又”塌不是指军训那次，她说的是大二夏天发生的一件事。

中传有各个省的“老乡会”，彼时我作为大二的师姐去接待大一新生的时候有种格外积极的气质。老乡会安排了一次老乡宴，吃的什么不记得了，应该挺好吃的，玩的什么也不记得了，但是肯定很开心，聚会结束甚至还促成了一段姻缘。

就记得喝了很多酒。

那好像是我上大学以后第一次喝那么多，喝到自己被谁送回宿舍的都不记得了。

那时候我和我异地的男朋友每天晚上都要视频，所以虽然喝醉了也凭着本能习惯性地打给了他，然后视频一接通就开始傻笑：“你好哇！”

三爷一脸惊呆的样子，他没想到我居然喝了这么多，催我赶紧睡觉：“喝水，睡觉，明天再说吧。”

我却不知道哪根筋搭错了，极度兴奋地拒绝挂视频，并且开始了脱衣服……

至今我也想不明白那天晚上我到底在想什么，总之在室友们目瞪口呆的注视下，我手脚并用地脱着衣服，然后视频里的三爷大喊了一声：“救命！”

我停住：“啊？”

三爷又喊了句：“娜娜！拦住她！”

娜娜听到自己被点名，回过神来，和小井一起爬上了我的床，企图用被子裹住我让我安心躺下睡觉。她们越束缚我，我反抗得越厉害，一番争斗之后，从天而降的蚊帐忽然把我们几个绕在了一起。

后面的事我就没有印象了，怎么睡着的也不记得了。

只知道第二天挠着胳膊上被蚊子叮的包起床时，发现我的床上似乎有什么不对——蚊帐不见了。

我问对面床上的娜娜：“我的蚊帐呢？”

娜娜一脸假笑地指着地上：“那里。”

我："为什么要把我的蚊帐摘下来？蚊子咬死我了。"

娜娜："你看看还缺什么？"

我扫视了一周，发现我床上的铁支架不见了，那是用来护住床围以及挂蚊帐用的。再一低头，发现铁支架跟蚊帐一起在地上。

从那次起，我"徒手掰铁"的故事就传开了，谁能想到喝了酒的我如此力大无穷……

说回我追的小说作者弃坑了这事，因为太过意难平，我开始离开硬板床，自己连载小说去了。（本书编辑：此处应有掌声）

Part 2. 姐妹的男朋友就是全宿舍的男朋友

说起恋爱这件事，我的室友们好多都是母胎SOLO，并且习惯这种单身的状态，认为恋爱是一件很麻烦的事情，不积极不主动也懒得找什么男朋友。

感情路上比较多舛的要数娜娜了。

娜娜是一个回族女孩。

记得刚上大学的时候，娜娜有一个正在分手中的男朋友，而且那个男生和娜娜还彼此旧情难忘。男生是汉族，而娜娜的家人要求她找一个同族的男朋友，于是两人只好含着泪说分手。

而知道这段悲情故事是因为某天夜里十二点了，我起床想上厕所，忽然听见嘤嘤的啜泣声，那阵子我正在看《鬼吹灯》，大半夜听见这种声音差点没喊出来，立马就吓清醒了。

等我再细听，发现这声音是从对面床上飘过来的，而且除了哭声，还有隐隐约约的男人说话的声音。

我这才想明白是娜娜在打电话。

当时都是新同学，大家还不太熟，但我觉得她哭得太可怜了，忍不住问了句：“娜娜，你还好吗？”

娜娜打着哭嗝断断续续地说：“对不……起。”

“娜姐，别哭了。”

“是啊，娜娜。”

我听见其他两人说话，才知道原来大家都醒着呢。

娜娜不想被大家围观，尴尬地挂了电话。第二天，她主动和我们讲起来她的这段故事，说家里为了让两个人断绝来往，甚至把她关在卧室里一整个暑假，不让她出门。

就这样，因为娜娜的悲惨爱情故事，我们倒是很快熟悉了起来。

虽然娜娜看起来迷迷糊糊的，但她长得很漂亮，虹膜是淡淡的棕色，睫毛长又翘，有种异域风情的美。

追她的人很多，半年后她找了一个外校的回族男生。

不知道大家有没有那种感觉，最好的姐妹谈恋爱了，自己总有种莫名其妙吃醋的感觉，甚至对其男朋友有淡淡的敌意，总觉得那个男生配不上自己的姐妹。

反正我们几个人都觉得那个男生有各种问题，比如长得不够高哇、心眼小脾气臭哇，离得太远不经常来看娜娜呀。

娜娜每次听我们说完都觉得很有道理，但是陷在爱情里的女人没有智商，被对方一哄又觉得不是问题了，还想着要化解我们之间的“恩怨”，经常在男友来学校看她的时候请我们宿舍人一起吃饭。我们在西街的新疆菜馆大口吃肉，吃完了送走娜娜男友回去继续说他的坏话，绝对没有吃人嘴软这个觉悟。

直到毕业后，娜娜忽然跟我们说她跟他分手了。

我们一边在群里骂着“早就说他不好你不信”，一边又觉得怪可惜的“要不你们再好好聊聊”，矛盾得不得了。

感情最长久的大概是我，从大一开始，到大四结束，我的男朋友没少请宿舍的人吃饭，甚至经常淘宝买一箱箱的零食寄到宿舍给大家吃，就是希望她们嘴下留情，在我面前多说点好话。

等到大学毕业，我的男朋友就没有了。

因为我们俩闲着没事去领了个结婚证，领完证还给临近宿舍的同学们发喜糖，西西和大王像是我的左右护法（划掉），像我的伴娘一样，捧着糖跟我挨个宿舍逛着报喜：

“小布大大结婚了！”

说完，她们自己还要露出来震惊的表情。

因为结完婚还要上学，还要住宿舍，还出了一本爱情实录的图书，所以研究生宿舍的小姐妹面对我的秀恩爱内心毫无波动，甚至习惯了怼我。

记得某天晚上吃饭，和室友讨论吃过的黑暗料理。

我找到以前做过的一个“菜”的照片，告诉她们：“这个是白粥煮成了糊糊没法吃了，我就用做红烧肉剩下的酱汁翻炒了一下，并且机智的我把粥握成了米团，塞进去火腿和芝士重新下锅用油煎。不过做得不太好，最后变成了一坨一坨的。”

西西："这玩意儿你后来吃了？"

我："对啊，和三爷一起吃的。虽然他说这玩意儿像屁屁，但还是和我一起解决掉了！"

后来宿舍夜谈，聊起来感情问题，我说三爷最近在看《浮生六记》，宿舍一阵沉默。

我继续骄傲脸："三爷看了好多书，和他聊天的时候总有聊不完的话题，特别合拍！"

室友们敷衍着拍巴掌。

秀恩爱目的达成，我总结陈词："我永远爱三爷！"

结果一直沉默的大王忽然在漆黑的夜色里发声："毕竟是一起吃过屎的情谊呢。"

Part 3. 课余时间除了不干正经事什么都干

大概是小说或者偶像剧看多了，刚上大学的时候真的对学生会和社团充满了向往，大一社团招新的时候，我兴冲冲地就去报名了。

记得面试的时候是在晚上，我下了课吃了饭拉着娜娜的手去第一教学楼，她左拐去电视台，我右转去体育部。走廊里排着长长的队，黑压压的人影让我忽然生出了很多紧张感。

这份紧张感持续到我走进教室站在台上开始自我介绍了都没减轻。

师哥问：“你喜欢什么运动啊？”

我答：“我喜欢足球。”

师哥似乎挺有兴趣：“你会踢吗？或者喜欢看什么比赛？”

我：“我看中超，不过不是特别懂。”

旁边的师姐鼓励我不要太紧张，放松些，就怎么想的怎么说就可以，聊聊天。

我给自己放松了一下：“我喜欢足球，因为我喜欢看绿茵场上奔跑的满满荷尔蒙的男生。”

下面的师哥师姐一副惊呆了的模样，笑容僵在脸上。

然后，我就跟学生社团说拜拜了。

除了学生社团，中传的各种歌唱比赛和活动也很多，比如“广院之春”“梦工厂”“风采之星”等，有一些是非常优秀的歌手去参加，比如后来以火箭少女出道的紫宁，但海选阶段的大部分选手都是奔着搞笑去的。在这个学校，如果你没有参加过“广春”，没被观众们哄过台，你的大学生涯就是不完整的。

“能在广院的台上顶一分钟，就能在春晚的舞台上顶一小时。”

据说哄台这个“不文明”现象是为了锻炼学生们的心理素质，手段包括发出嘘声、扔纸飞机、扔卫生纸等。这样的一种叛逆氛围也不局限在学生之间，即使是一些明星或者知名校友在学校办活动，只要表现不在水准之上或是说出什么贻笑大方的言论，都会被台下的学生哄台。但是这里的学生也不吝啬自己的掌声，那些有能力有实力的人绝对不会被埋没。

这是一个让人害怕舞台也让人珍惜舞台的地方，是一个“真正真实”的传媒环境。

上大学以后经济意识慢慢觉醒，大家也开始研究着做一些兼职了。

芋头有一阵子在北门外的烧烤店干过服务员，我们为了给她撑场子打算一起去吃饭，结果她告诉我们后厨刷盘子从来没刷干净过，吓得我们四年都没去那个餐馆吃过饭。

小井和我一起在商场站台推销饮料，推销了一天后老板把快过期的两箱饮料送给了我们。

娜娜做过家教发过传单，因为太晒了怕自己变得更黑选择放弃。

挨个宿舍推销英文报纸，直到后来发现大学生根本不喜欢学英文了。

在学校电视台剪片子赚个盒饭，或者是申请机房的助教拿一点点补助。

比较长期的一个生意大概是我的格子铺。残街上有一家格子铺店，里面的格子对外出租，我租了一个最贵的格子用来卖小饰品，她们就陪着我去动物园批发市场进货，或者是淘宝买了配件原料自己串手链。那时候每个月都有赚点钱，大家吃吃喝喝的，也没攒下什么。

直到毕业的时候囤了一千多块钱的货，我们只好在毕业季的跳蚤市场上一元两元的全部甩卖，结果还是剩好多。

甚至到研究生毕业的时候又参加了一次跳蚤市场，依然没卖完，真是空有一颗当义乌小老板发财致富的心。

Part 4. 刷夜是一个大学生的必备技能

高中的时候为了写作业熬夜到十二点是很常见的事，

以为上了大学终于能早早睡觉了，事实证明我真是太天真了，养生什么的，不存在的。

大学前两年，宿舍是有宵禁的，晚上十一点会断电，提醒学生们早点睡。

但夜晚的生活，往往就是从断电的那一刻才开始。

宿舍的小姐妹们往往是一边玩着手机一边进行着漫无目的的夜谈。那时候微博还不火，大家都在玩人人网，看见哪条状态有意思或者哪张自拍好过分都会互相吐槽。

有天是艾滋病宣传日，学校有社团宣传活动，还发放了安全套。晚上大家说起这事来，都是一头雾水，即使已经是所谓的成年人了，却并没有从学校的课程中接受过任何性教育。

我踢开被子爬下床，打开台灯，掰了一根香蕉，又把今天学校发的安全套找出来，喊她们过来进行现场教学。那时候我也是挺懵懂的，不过我姐是医护人员，她在我刚开始谈恋爱的时候就很严肃认真地拿香蕉给我演示过，所以我有样学样，也给我这群单纯的室友进行安全科普。

我们围成一个圈，香蕉立在中间的桌子上，手电筒和台灯的光从四周打过来，这根充当模特的香蕉在大家的注视下完成了它的历史使命，并且被肚子有点饿的我剥开做了夜宵。我永远都忘不了，当我表现得非常专业地讲完课并且大方地把香蕉给吃了的那一刻，室友们看向我的敬佩的眼神。

后来，她们就都管我叫哥了。

除了日常熬夜，我大学真正意义上的第一次刷夜是在KTV。

和一个我暗恋的男生，*以及其他无关紧要的人*。

高中毕业的那个暑假，拿到录取通知书后，我就加了一个校友群，之后认识了天南地北的小伙伴，开学一见面就迅速成了好朋友。

其中有个男生，长得很帅，唱歌也很好听。

他要参加学校的音乐大赛，我跟他一起报名了，只不过我是去玩的，而他最后是拿到前三名的。

临近比赛的时候，他约我们去练歌，中传附近有个尚艺墅 KTV，价钱便宜到超乎想象，非节假日凭学生证开一个小包间，每小时只需要三块钱。那天晚上我们买了零食买了酒，打算决战到天明，从开始的劲歌热舞，到逐渐的眼皮发沉，最后其他人都在沙发上东倒西歪地打瞌睡。

只有为爱发电的我还强撑着陪那个男生摇手锤。

凌晨四点钟，听不见鸟叫，但能听见睡着的小伙伴打呼。有个女同学忽然说白天有事得现在回学校，于是所有人一起往回走。

那时候打车软件还没流行，我们几个人在凉凉的秋风中蹲在马路口拦出租车，然后昏昏沉沉地回到学校。那天夜里刮大风，风把树叶都摇落，一进校门就是满地浪漫的金黄色，脚踩在叶子上沙沙作响。

男生送我到宿舍楼下，大门挂着锁，楼妈还在睡觉，

他替我按了门铃，赔着笑脸和楼妈道歉。

这里要说一下，中传的楼妈真的是拿男生当儿子，拿女生当儿媳妇，待遇完全不同。当然，也有可能是我们学校的男生脸皮是真的厚，厚到楼妈都没脾气。

总之男生替我把骂挨了，楼妈放我进了楼门。我站在小窗户前看着那个男生离开的背影，心里像揣了只小鹿，是简单又容易满足的快乐。虽然后来我们没有在一起，但是那个早上的校园落叶和他的背影我始终没忘记。

还有带着起床气来给我开门，睡醒后完全不记得早上和我说过话的娜娜的蠢样，也印在记忆里。

我们也为正经事刷过夜，那就是期末考试前的复习周。

那一周学校不断电，所有宿舍都是灯火通明，一学期的放肆玩耍之后，挂科的报应基本就落实在这最后一周了。

宿舍里最重视学习的大概是芋头，复习的时候也经常最晚才睡。那天我突发奇想地问她要不要跟我通宵复习，她想也没想就答应了。为了不影响其他室友睡觉，我俩大晚上跑去了北门外的麦当劳。

也是那天我才知道，原来不是所有的麦当劳都 24 小时营业，虽然它会一直开着门，但半夜是不提供餐饮的。所以我们俩越学越饿，做着线性代数的题越做越晕，三更半夜又不敢回去，只好忍受着困乏和饥饿努力刷题。

直到天蒙蒙亮了，麦当劳的服务员也交班了，操作间嘈杂起来即将开始做早餐了，我和芋头才打着呵欠收拾书包。

出了麦当劳，回学校大概有一站公交车的距离，这时候也没车，我俩就拉着手往回走。走着走着，我觉得有些不对劲，女生的第六感一向很准，尤其是遇到危险的时候会特别敏感。

我小声跟芋头说："后面那个男的，从我们出门开始就跟着我们。"

芋头吓了一跳，快速回头看了一眼，害怕地问我："真的假的？”

“警惕点儿好。”我拉着芋头加快脚步走起来。

清早街上一个人都没有，我俩越走越快，最后基本是在跑了，还特意绕到居民区，想遇见个起早的大爷大妈。

总之最后我们甩开了那个男的，大冬天的吓出了一身汗，头皮发麻地跑回了学校。

不知道是不是芋头长得比较单纯像小孩，毕业后有天晚上我们宿舍约饭吃，我跟芋头穿过某个僻静的小区时也遇到过坏人尾随，吓得我们躲进了保安亭。女孩子真的要提高警惕，看见不对劲的时候一定要拼命跑到有人的地方，很大概率坏人就不敢继续跟着了。

大学里最后一次刷夜是毕业吃散伙饭的那天晚上，那天不管多晚回宿舍，楼妈都不会骂你，她会一直等着你，然后温柔地提醒你：“以后自己在外面住不要回来得这么晚。”

Part 5. 总以为毕业遥遥无期，转眼就各奔东西

我经历过两次毕业，一次是送别，一次是告别。

大学毕业晚会的时候，我们班的节目是跳《青春修炼手册》，那阵子每天在文化广场上和跳广场舞的大爷大妈抢地盘，练习左手右手一个慢动作。

虽然最后在舞台上跳得依旧不怎么整齐，但听到主持人说出“毕业啦”三个字的时候还是觉得自己做成了一件大事。那天晚上我们去西街的露天烧烤店撸串喝酒，喝多了抱头痛哭，仿佛失散多年的兄弟姐妹认亲，四年没怎么说过话的同学那一晚也成了过命之交。

平时特别高冷的女生甚至蹲在残街的小马路中间号啕大哭，我们几个人上前去扶她，喝多了的我跟着她一起哭：“你快起来呀，你会被撞死的，快起来。”

闹闹哄哄的，大学生活落幕。目送着娜娜、芋头、小

井一个个离开，我只是把行李从校内宿舍转到了中蓝的研究生宿舍，甚至因为新生活的展开还有那么一点点兴奋。

直到研究生毕业的时候，我才体会出那么一丝不舍。

在写毕业论文写到头秃的节骨眼上，我策划了一次小“轰趴”——我的婚礼。

虽然早就领了证，但我和三爷一直奉行着不办婚礼的原则，直到临近研究生毕业的时候，我忽然想要一个仪式，一个没有家长和亲戚，只有我亲爱的朋友们的仪式。时间定在劳动节小假期里，地点是北京郊区的一个别墅，邀请函只发给了我这二十几年里最亲密的朋友。

当然，其中就有我的室友。

彼时，大王和静静都在为找工作四处奔波，却还是抽时间帮我一起分装伴手礼盒。

西西已经签了电视台的合同，是宿舍里“最闲”的人。

It should be a future

我不想因为和三爷出去住把她一个人留在宿舍，就经常带她一起吃饭，原本为了穿婚纱努力减肥的我，因为陪她居然还常常吃夜宵，甚至是炸鸡和肉串这样的夜宵。她说要给我们剪一个婚礼筹备纪念视频，结果婚礼结束一年多了，她的素材也没能拼到一起。

娜娜、芋头和小井是在婚礼前一天赶来北京的，虽然分开了两年多，也并没觉得生疏，只是已经工作了的她们都变得会打扮、更漂亮了。

安顿好行李，我们几个就直奔美容院去了。这还是我们第一次约会不为美食为美容。

护了肤，美了甲，吃了大餐，朋友们各自回酒店休息，身为新娘的我却在熬夜赶剧本。三爷在旁边清点着婚礼道具，叹息我的美容白做了。

婚礼当天，我们一大早坐着小巴前往别墅，没有司仪，没有婚庆公司，只有一间空旷的别墅和提着行李箱的朋友们。

在婚礼开始成为宾客之前，他们也是我的婚礼布置者。

静静作为化妆师，拉着我在楼上化妆，楼下的会场完全交给三爷领着装饰。其间我不放心，下楼去看了看，只见大王和娜娜她们一边吹气球，一边聊着我的糗事，似乎并不尴尬。

在对我的吐槽里，她们像是熟稔的老朋友。

这是一个从布置到主持，从化妆到摄制全靠我朋友们完成的婚礼。而我，只是穿着美美的婚纱，踩着从没穿过的高跟鞋，像只鸭子一样从楼上走下来。

短短的一路，就像走过了整个兵荒马乱的青春。

我们哭了，也笑了。

房东拿着西西的单反相机蹲在门口给我们拍大合照。

他说“一二”，我们说“茄子”。

他疑惑：“哎？怎么没拍上？再来一次啊。”

他又说“一二”，我们说“新婚快乐”。

他捣鼓了半天，我们笑得脸都要僵了。

就在我们打算用三脚架自己拍的时候，憨憨的房东把相机给我们说拍完了。

都不知道他什么时候按的快门。

我接过相机回放，发现他拍得有些过曝，所有人的脸都白到反光，脸上的笑却是浮夸又喜庆。

时光会老去，青春会散场。

可她们一直在那张我珍视的合照里，在我最美的记忆里。

I hope you're fine, The future is warm.

关于《青春纪念手册》的小采访

Q 采访人：蛋壳

A 被采访人：小布爱吃蛋挞

/ 作者简介 /

小布爱吃蛋挞，作者，编剧。立志讲有趣的故事，做有趣的人，梦想攒够钱就去环游世界。生在海边性格小浪，爱好美食和考各种没什么用的证，有一个嘴贱的老公和一只像狗的猫。

代表作：《我嫌弃的样子你都有》《初恋多关照》等

蛋壳：在你心中，中国传媒大学是一所什么样的大学？

小布爱吃蛋挞：中传在我看来最大的特点是包容，它是一众艺术院校里面唯一的综合类大学（我们甚至有数学系你敢信？），这里的艺术生文化分基本也要超出一本线很多很

◎ 大四那年宿舍的所有小伙伴一起准备考研，每天清早跑图书馆抢桌子，中午轮流吃完饭就趴一会儿，怕桌子被人占了

多，简而言之，就是一群懂艺术的学霸。在学校里没有不能说的话，没有不敢做的梦，没有被排斥的小众，也没有亚文化一说，走入社会以后真的很难再见到这样的生活氛围，也很难再像那时候一样挥霍蓬勃旺盛的青春。

蛋壳：在很多人心中，中传是圣地，在你读中传前和读了中传后，你对它的印象有什么变化吗？这所高校有什么让你感动的地方吗？

小布爱吃蛋挞：高考填报志愿我是从报纸上选了个排名前三的热门学校，前两个是北大清华，我很有自知之明地翻过去了，第三个就中传。进入这个学校以后，我第一印象是学校好小哇……我住的宿舍距离我上课的教学楼步行五分钟，这甚至是加上了坐电梯的时间。

后来，我去北电学习了一段时间，才发现中传还挺大的（手动感动）！

蛋壳：校园里是不是经常能看到明星？或者颜值超高的小姐姐小哥哥？

小布爱吃蛋挞：中传的明星学生其实我没关注，我知道的也就是参加《创造 101》的

◎ *北京电视台的伙食一级棒，实习的时候每天起床到台里第一件事就是跟着导演老师去吃一顿免费的早午餐自助～*

◎ *本科毕业典礼时的 4K 超高清转播车，价值两千万，参与过各种国家级别项目，学校在“买车”的路上走得非常倔强*

紫宁，还有像壹心娱乐的老板杨天真其实也是我们师姐。因为在中传的校园文化里是没有追星一说的，甚至我上学的时候追星会被鄙视，我了解得更多的是给我们上课的明星老师，比如白岩松、张绍刚这些老师。颜值高的哥哥姐姐那必然很多，毕竟我们学校的播音主持专业出去的可都是“国脸”。

蛋壳：有什么让你印象深刻的专业课或者专业老师吗？

小布爱吃蛋挞：印象深刻的专业老师很多，讲课最有趣的是张绍刚老师。他上课就像主持脱口秀大会一样，而且日常没有那么毒舌，还是挺平易近人的，经常穿着各种荧光绿荧光黄的紧身裤骑着单车穿梭在校园里。

最爱的当然是我导师，平时不怎么联系我们干活，逢年过节雷打不动地请客带我们聚餐谈心，临近毕业更是各种帮忙推荐工作，像个操劳的老父亲。因为他，我才了解了“师父”是什么意思。

蛋壳：你在中传的专业是什么？学这个专业前和学了这个专业后，你对它的认识变化是什么？

小布爱吃蛋挞：我在中传读了七年，拿了三个专业的学位证书，因为中传是有双学位科目供选择的，所以我当时选了最热门的广播电视编导专业。读书的时光特别充实，有两年的时间我大概一周七天都在上课，努力灌输自己的感觉是让人有成就感的，对专业的认识大概是知道了“不易”两个字。要想人前显贵，必定人后受罪，“电视民工”这个称呼不是随便说说的，做编导真挺累的。

蛋壳：上专业课的时候有什么有意思的事吗？

小布爱吃蛋挞：这里插播一条我在北电学习的经历吧。我们当时编剧小组经常开会讨论各自的剧本，我的本子总被老师毙掉，一度丧气到不想写了，结果和我们同组的一个有钱大佬不知道看上了我什么，喊我去他公司做游戏编剧……

蛋壳：作为作者 + 编剧，写作的功底一定没话说，能分享一个实用的写作方法吗？

小布爱吃蛋挞：最讨巧的写作方法大概是找好人设吧，人物本身的职业足够新颖有趣的话，整个故事都会有吸引力，而且职业很多时候就会给人物带来足够的挫折和阻力。再投机取巧一点儿的话，大家可以从非遗目录里找一下那些快要消失的手艺人，很多流传千年的技艺甚至带有神秘浪漫色彩，而“失传”这样一个阻碍很容易作为激励事件引发主角的生

◎左：这个操场见证了太多减肥的汗水与泪水

◎右：学校门口的地铁站，对大部分学生来说，传媒大学站是他们来校的终点站，也是毕业时的起点站

活突变。大家可以试试查阅资料，写一个大家不熟悉的领域。当然，我本人其实更喜欢写校园生活小甜文，写剧本的时候已经遵循太多套路了，写小说就想自由自在地随意书写了。最有用的方法，就是坚持你的热爱呀。

蛋壳：给想要报考中传的学生一个实用的建议吧。

小布爱吃蛋挞：如果想要报考中传，不管是走艺考还是统招，最重要的就是提高你的文化分……因为中传的分数线真的很高。如果是喜欢写作或者影视编导类别的，一步到位

◎ 毕业晚会舞台设计，每年的毕业晚会都做得特别酷炫，毕竟是未来去操办春晚的同学们

的方式是参加艺考的编导考试，或者也可以选择统招进入学校以后读双学位哦。

中国传媒大学

Communication University of China

中国传媒大学（Communication University of China），简称“中传”，位于首都北京市，是中华人民共和国教育部直属的信息传播领域行业特色大学，国家“985 工程”“211 工程”“世界一流学科建设高校”。

学校前身是创建于 1954 年的中央广播事业局技术人员训练班。2004 年 9 月更名为中国传媒大学。

中国传媒大学标志徽最早时图案外围是三个老式钢笔的笔尖侧面图，代表用笔书写的新闻记者；内部围成一个照相机快门的形状，代表用图像表达的摄影专业；整体类似一个发射塔的造型，代表提供技术支持的通信专业。

在之后的很多年里，校徽虽然一直有着细微的调整，但笔尖、快门和发射塔这三个最基础的创意却一直被延续着。

中国传媒大学 校训

——立德、敬业、博学、竞先

极品室友

JIPIN

SHIYOU

文／北极光

一打开微信，就看见蒋子文的留言：

“你什么时候回校？”

我随手回复：“注册前四五天吧。车票不好买，买了提前几天的票，你呢？”

“这么早？我注册那天才回校，我家离学校近。你这么早回去不会无聊吗？”

“有宋鹏在呢，他都没回家过年，一个寒假都待在学校。”

蒋子文发了个不屑的表情："就是因为他在宿舍你才会觉得无聊哇！我打听到了，下学期博士宿舍楼那边会有一些空置的两人间提供给本科生，要不我们去租一间？这样就不用跟宋鹏一个宿舍了。你不是每天都要洗澡吗？博士楼的宿舍里就有单独的卫生间！"

我赶紧敲上："那一定会很抢手的，我们能申请到吗？"

蒋子文发了个叉腰大笑的表情："我跟那帮人那么熟，他们肯定会给我留一间的！"

"不用了，两人间挺贵的。再说我们这样做好像在公开嫌弃宋鹏似的，他又不是什么极品，跟他一个宿舍也并非不能忍耐。"

他发了个哼哼的表情："你老是帮着他，从来不听我的。"

我在电脑前皱皱眉，赶紧敲上："我只是觉得我们没必要搞得太特殊，如果就我们两个大一学生住双人间，同学们会说闲话的。要不你弄一个房间自己住好了。"

他发了个挖鼻孔的表情："一个人住着太无聊了。要是你改变主意了，随时可以找我，我总能弄到两人间的。"

我默默放下手机，心里暗叹一口气。

蒋子文是我室友，典型的高富帅，成绩好，运动也好，性格也非常活跃，他在学校电视台当主持人，跟学生会和各社团的头头都很熟，学校的老师也有大半认识他。更难得的是，尽管他家境极好，却从不在同学面前装腔作势，哪怕再寒碜的同学，他也保持谦卑有礼的态度，无论遇到什么人他都能从别人身上找到优点夸奖一番。但在宿舍里时，他偶尔还是会本性流露，表现出与生俱来的傲气。

而我们宿舍的另一个室友宋鹏则是屌丝中的屌丝，我们宿舍一共三个人。虽然我跟蒋子文一比算是穷人，但好歹家在城市而且父母都受过高等教育，而宋鹏家在农村，父母都是农民，他是他们村最有出息的一个。我听宋鹏提起过他还有一个小他两岁的弟弟，成绩很烂，整天惹是生非，初中没读完就出去打工了，因此他父母更是把所有希望都放在他身上，这也让他非常自负。刚入学选班长的时候他毛遂自荐，结果以最低票数落选，接下来选班委的时候，他每个岗位都报了，还是一个都没选上。那天他回宿舍之后情绪一直很低落，翻来覆去地念叨：“我从小学开始就年年做班长，现在连个班委都选不上，我怎么跟父母说。”

蒋子文当时就劝他：“选不上很正常，我们班估计有半数以上的人都当过班长，竞争很激烈。不当就不当呗，我都懒得去选呢。要是你这么在意，明年再争取呗。”

但宋鹏还是闷闷不乐。加上开学英语分级成绩出来后，他的英语等级是最低的，这也让他很受打击。他本来性格内向，现在更加沉默寡言。本来我们宿舍在学期初的时候还会在熄灯之后聊聊天，但我和蒋子文聊的话题他不是不熟悉就是插不上话，渐渐地，我们跟他说话也少了。他每天除了学习之外都在做家教、发传单，挣自己的生活费，有时还要接济一下他那个不成器的弟弟，差不多每天都十一点才回宿舍，回去后就窝在被子里看书，跟我们都没有什么话说。天气冷了之后，大家都喜欢赖床，只有他一个每天早早起来占领教室第一排的位置，我们这些在后面打瞌睡的人只能看到他的一个背影，平时连照面的机会都没有。渐渐地，他成了一个对我们来说可有可无的人。

如果是这样也罢了，但这宋鹏每天晚上都开着台灯看书看到半夜，一边看还一边不自觉地念出声。蒋子文睡得早，经常被他吵醒，跟他提过很多次，他总是笑笑说：习惯了，改不掉。而且他平时邋遢，一到冬天满宿舍都弥漫着他的脚臭味，蒋子文有点洁癖，对他更加看不顺眼。连蒋子文都不喜欢的人，在班上人缘自然也好不到哪里去。

宋鹏寒假不回家，因为来回路费对他来说太贵了。再说他家虽然在北方，却没有暖气，他更愿意待在有暖气的学校里。

蒋子文在回家前跟我笑着嘀咕：“等我们开学回来时，肯定满屋子都是脚臭味，最好弄个防毒面具。”

等我回校的时候，我发现我不需要防毒面具，倒是该准备一双雨鞋。我回到学校时已经是晚上了，拎着行李箱走到我们楼层时，发现走廊里都是水。该不会是水房的哪个水龙头漏水了吧？

我拎着行李箱，小心翼翼地踩着水浅的地方来到我们宿舍门口才发现，水是从我们宿舍漫出来的。我赶紧打开门一看，宿舍里没人，地上到处都是混杂着灰尘和脏东西的积水，但又不像暖气片漏水，因为地上的水是凉的。宋鹏这小子干什么了？

“喂——”一个焦急的声音从走廊那头响起，我回头一看，正是宋鹏，他身上还穿着那件从来没换过的黑棉袄，黝黑的脸上满是惶恐之色。

“宋鹏你怎么回事啊，宿舍里都是水，你干什么了？”我皱眉看着他。

宋鹏迟疑了一下，答道：“我想洗澡，可澡卡找不到了，我想宿舍里暖气这么强，打几桶冷水在宿舍里洗就好了，没想到搞成这样。”

我有点惊讶。宋鹏一向邋遢，一个月也难得洗两次，要是他澡卡丢了，他肯定会毫不在乎地等上几天，等开学了再借别人的澡卡或者补办一个。今天怎么回事，没有条件创造条件也要在宿舍里洗冷水澡？而且就算洗澡也不会搞得满地都是水啊，难道他在宿舍里搞了个充气游泳池？

“你打了几桶水呀？你洗澡时都没发现宿舍被水淹了吗？”

宋鹏进屋拿起一把扫把：“咳，洗爽了，都没注意地上。我除夕在宿舍没打扫卫生，就当现在是洗地板好了，你在外面等着，我把水扫出去了你再进来。”

我把行李箱放在柜子顶上，拿了东西去澡堂洗澡。洗完回来时宋鹏已经打扫完了，但地上还是湿漉漉的，我看着这满地狼藉心里不舒服，干脆上床睡觉，眼不见为净。宋鹏也熄灯上了床，小声说：“蒋子文……”

“蒋子文怎么了？”我问。

“哦，没什么，我是想问他什么时候回来。我们先睡吧，邓海伟。”

尽管我知道宋鹏今晚只是偶尔做错事，但心里隐约觉得也许蒋子文的建议是对的，宋鹏的确是个不怎么讨人喜欢的室友。

蒋子文直到注册这天才回来，刚好赶上我们统一把学生证交给班长去办理注册手续。毕竟是一个寒假没见，我们晚上熄灯后聊得热火朝天，而宋鹏一如既往地窝在被子里不怎么吭声。

也许蒋子文今晚兴致特别高，想逗一下宋鹏。他故意用惶恐的语气喊道：“啊，我看到了一个黑影！”

我嗤了一声。蒋子文一向爱看《鬼吹灯》《盗墓笔记》之类的小说，有时会吓唬一下我们，我早已见怪不怪了。

蒋子文继续用那种故作恐惧的声音叫道：“那个黑影在宋鹏床上！就在宋鹏背后！啊，它伸出了两条长长的手臂！不，是四条！现在又变成六条了！呀，它的手臂要抱住宋鹏，跟他合体了！”

“啊啊啊！”宋鹏发出一声震耳欲聋的尖叫，一头扎进被子里瑟瑟发抖。

蒋子文被他逗得乐不可支，在床上大笑：“好啦，我是逗你玩的，出来吧。”

宋鹏从被子里伸出半个脑袋，确定宿舍里真的没有鬼影之后破口大骂：“你嘴欠是不是，差点吓死老子了！”

我大吃一惊。因为蒋子文平时人缘好家世好，从来没有人跟他这样说话，一向老实的宋鹏怎么突然因为这点小事就对他破口大骂？再说宋鹏平时也不是个暴躁的人！

“没事，子文只是开个玩笑……”我努力缓和一下气氛。

“你们都别再说了！没事拿这个开玩笑有意思吗？我睡了！”宋鹏裹紧了被子。他床上传来轻微的嘎吱嘎吱的声音，似乎是他在被窝里发抖，不知道是气的还是吓的。

我们都觉得没意思，也都睡下了。

宋鹏这样可能是因为本身害怕那些神神鬼鬼的东西，所以排斥那些恐怖故事。他是一时被吓坏了才口不择言，但毫无疑问的是，蒋子文这个学期都不会跟他说一句话了。

让我们意料不到的是，从那天开始，宋鹏整个人一反常态。开学那天早上，我们都起来了，他还赖在床上，而平时他总是第一个起来的。我们以为他寒假睡懒觉睡习惯了，也没当回事，再说蒋子文还在生他的气，我们也没叫他起床，自顾自地去上课了。

结果那天他一天都没去上课，而且接下来几天也是如此。我曾试探着问他：“你怎么不去上课？”

他背对着我，躺在床上：“去了也听不懂，还不如睡觉呢。”

我明白。虽然不知道他上学期期末考成绩如何，但是他期中考和随堂测试成绩都徘徊在及格边缘，尽管他是我们中学习最努力的。他家乡那边教育条件差，很多我们中学就学过的东西他大学才开始补上，而且我们班上很多人都是省重点高中数一数二的高才生，他自然比不上。也许，他是看到自己的期末成绩不理想，觉得自己再怎么努力都是白费，干脆不去上课了。

“那也不能不去呀。你要是不上课，这么多的学费不就白交了？”我开玩笑地说。宋鹏家里穷，也许他会出于心疼学费而去上课。

“我去听也是白听，一样是浪费学费。再说，都不知道能不能顺利毕业呢。说不定我哪天就退学了，三年的学费可以省下来了。”

天哪，退学？宋鹏是不是家里困难没钱上学了？

如果是别人这样，我第一反应就是先拉他去吃一顿烤翅，拍胸口说兄弟别担心，个人资助他一些生活费，然后号召班上同学捐款。但宋鹏平时跟我都没说几句话，感觉他对我而言就像一个路人，这样做的话我们都会觉得别扭，谁会没事对个路人说，兄弟你以后的生活费和学费我们都包了。

再说宋鹏平时就敏感内向，无论是我个人还是班集体给他捐款，都会伤他自尊。他又孤僻又自负，别人想帮他都不知道怎么帮。

宋鹏依然天天待在宿舍里不出去，他上学期有时还去图书馆看看小说或者在主楼机房上个网，现在除了吃饭都不出门了，在宿舍就整天听广播。

一天晚上，我去图书馆回来想泡个泡面吃，发现我堆在桌子角落的四桶泡面只剩下三桶。我当时以为自己什么时候吃了一桶又忘记了，也没有太在意。但从那以后我买的水果、点心经常会丢一两个，而且我有时在桌上放一把零钱，第二天揣兜里的时候发现少了一二十块，也不多，如果不注意都不会发现。这些我没在宿舍里说，否则就显得太小气了。

蒋子文也发现了。一天我们在食堂吃饭的时候，他说：

“我新开了一盒费列罗放在桌上，都没吃几个呢，就只剩五个了！真是郁闷！”

我忍不住笑了：“我昨天发现我的麦片少了几包，没想到你的损失比我还严重！”

“你也发现了？”蒋子文眨了一下眼睛，“我这学期在宿舍经常丢零食，肯定是宋鹏偷吃的！他整天待在宿舍，没事就吃我们的东西！”

“我们现在又没有证据证明是他吃的，你这话要是让他听到，他该说你诬蔑他了。再说，我们宿舍上学期都没丢过东西。”其实我也早就怀疑宋鹏了，他曾说过要退学，可能经济有困难，也许连吃饭的钱都没有了，又不好意思跟我们开口借钱，才去蹭我们一下零食、零钱。我记得上个学期我买了烧烤水果什么的回宿舍，让他一起吃，他都不好意思吃。这么死要面子的人，现在竟然小偷小摸，肯定是困难得走投无路了。要是他肯自己开口，我们能帮就帮一些，既然他不开口，平时我把吃的和零钱放桌上，他拿了我就当没看见。

“还有哇，你有没有发现他最近脾气很大，老是动不动就骂人？”

“可他上学期不是这样的。你记得吧，他虽然挺烦，总是吵我们睡觉，但脾气很好，我们宿舍也没丢过东西。”我觉得宋鹏性情大变是有原因的，他可能期末考没考好，经济压力又大，导致了精神抑郁。再说他寒假时一个人在宿舍待了差不多一个月，连个说话的人都没有，加上北方冬天天气冷黑夜长，很容易就得抑郁症。但他那个样子，估计也不会肯去看心理医生，真是头痛。

“哼！他上个学期规规矩矩，那是因为他刚过来，跟我们客套一下，相处的时间一长他的本性就暴露出来了。又偷东西又骂人的，像什么样子？我看他比网上扒的那些极品室友还烂，这样的室友你受得了吗？要不我们搬出去住两人间吧！”蒋子文气恼地说。

“呃，这……”我还以为蒋子文只是发发牢骚，没想到他真的要做得这么绝，一时不知怎么回答。

蒋子文见我不回答，冷笑一声："不搬是吧？反正我是受不了他了，要是不搬，你就去当面跟他说清楚，让他收一下脾气，不要再偷东西！"

我叹了一口气："你……唉，要搬你就自己搬吧，你这样做，搞得我们要跟宋鹏绝交一样。"

蒋子文见我不大高兴，闷闷地说："我是怕你受不了他，要是你能忍受，咱就不搬了。"

我们谁也没说话，埋头吃完了这顿饭。

晚上我洗完澡回宿舍时，蒋子文一看到我就指着地上的一双鞋子诉苦："海伟你看，这是我的鞋子，菲格拉慕的，我寒假的时候放在桌底角落，怎么就脱胶了？"

我想起我回来那天晚上，宋鹏弄得一地水，不由得脱口而出："可能是被水泡了。"

"我放在宿舍里，好端端的怎么会被水泡了？是不是你干的？很贵的噢！"他半开玩笑地说。

我急了，赶紧辩解：“不是我，是宋鹏在宿舍洗澡淹的！”

还没等蒋子文开口，躺在床上的宋鹏就蹦起来了。

“就你话多！我就淹你的鞋又怎么了？也不打听打听，我是混哪里的！”

“你能混哪里？有本事把你的猪朋狗友都喊来呀，我还怕你！”蒋子文指着宋鹏大骂。蒋子文平时性格温和，今天也是火大了。

宋鹏一听就蔫了，躲在被窝里一言不发，任蒋子文在下面大骂。蒋子文骂了几句，一把拉住我：“咱们今晚出去住，不跟他一起住了，满屋子的臭脚味！”

我也生气了，跟着蒋子文走出了宿舍楼。蒋子文建议道：“我们今晚不回宿舍了，住学校招待所吧。”

“嗯。”我也觉得都闹成这种地步了，今晚还是不要回宿舍，我们各自冷静一下。

蒋子文说：“我们去招待所要个房间吧。今晚是巴西对荷兰，再不订就没房了。”因为球赛都是在半夜，在宿舍开着电脑大喊大叫的会吵到别人，而且我们学校大一新生不能带电脑，有些男生就一起凑钱在招待所包个房，一群人聚在房里用招待所的电视看球。这个时节招待所的房间都不好订。

“行。”

我买了两瓶啤酒、几包花生和一袋牛肉干，跟蒋子文进了招待所，看着他跟前台要了一间房。我们走到楼上找到自己的房间，我打开电视，和蒋子文一边喝酒一边看球赛，倒也惬意，很快就忘记了刚才发生的不快。

蒋子文突然冷笑一声：“我还真的咽不下这口气。他宋鹏不是最怕听鬼故事吗？他今晚一个人在宿舍，我们就回宿舍装神弄鬼捉弄他一下，然后就搬宿舍，算是走前给他个教训。”

“呃……那个……好吧。”我不敢反对，弱弱应了一声。也许在我心里也有点气宋鹏，多少也是想给他个教训的。

我们偷偷回到宿舍，蹑手蹑脚地摸黑爬上宋鹏的床，正要吓唬他，隔壁宿舍的同学当时用 iPad 在被窝里看球赛，看到精彩处，一声激动的大吼把宋鹏吵醒了。他睁开眼睛就看见身边突然悄无声息地多了两道黑影，竟然大喊一声，差点滚下床来，然后又“嘭”的一声趴跪在床上向我们连连磕头，求我们放过他，他会去烧香超度我们。

我和蒋子文从开始报复的痛快，到后来的莫名其妙，再到最后变成了毛骨悚然……

从他语无伦次的求饶中，我们发现了一个惊天的秘密！

他根本就不是宋鹏。

宋鹏跟以前判若两人的真正原因是，他根本就是另一个人！

他就是宋鹏那个不成器的弟弟宋跃！

宋跃去年年底的时候在外面跟人打架，出了人命，跑去我们学校找宋鹏躲一下。宋鹏不知道这事，以为弟弟是来找自己玩的，开心地接待了他，让他在宿舍住下。

原则上我们宿舍是不能留宿的，不过宋跃身材跟宋鹏差不多，穿着宋鹏的衣服，低着头从楼下进进出出，宿管就没认出来，再者，他对那身旧衣服有点印象，且宋家兄弟俩长相又有几分相似，便以为那是宋鹏。

后来宋鹏发现宋跃犯下血案，劝宋跃去自首，两个人争执起来，宋跃把宋鹏杀了，把尸体装在行李箱里抛尸郊区，并打了很多桶水回宿舍把地上的血迹冲洗干净。

宋鹏被杀的那天刚好是我回来的那天，我回来的时候已经是晚上了，看到宿舍里满地的水其实就是宋跃冲洗地上血迹留下的。

宋跃本来是想扔了宋鹏尸体后回来收拾一下钱物就继续逃亡的，没想到回来时发现宿舍已经有人回来了，正在他不知所措的时候，我对他说："宋鹏你怎么回事啊，宿舍里都是水，你干什么了？"

宋跃见我把他当成宋鹏，干脆将错就错，以宋鹏的身份在宿舍住下，打算躲上几个月，等他在外面闹的那件案子风头过去了再离开。

他不怕被人认出他不是宋鹏，既然朝夕相处的室友都认不出他来，其他同学就更认不出了。他曾听宋鹏提起过我们的名字，但不知道我们的长相，所以那天晚上他故意小声叫一声“蒋子文”来试探一下我是叫蒋子文还是叫邓海伟。

蒋子文那天晚上说的那个鬼故事，做贼心虚的宋跃听了以为是宋鹏的鬼魂在找他索命，才会被吓得魂不附体，并对蒋子文破口大骂。

本来像蒋子文那样的人，宋跃在外面混的时候是无论如何也不敢得罪的，但是他并不知道蒋子文的显赫家世，所以敢跟蒋子文吵闹。

开学后，宋跃不敢去上课，倒不是怕同学认出他，而是怕老师提问的时候他答不上来。

我早就发现“宋鹏”的反常，跟以前判若两人，却不知道他竟然是被人顶替了。

宋鹏的弟弟小他两岁，所以两人并不是双胞胎，也长得并不十分相像。

我想了很久，为什么一个长相跟宋鹏并不十分相像的人，竟然可以冒用宋鹏的名字在我们宿舍住下，谁也没有发现端倪？

或许，是因为我们对他的漠不关心。

宋鹏平时独来独往，早出晚归，除了学习就是去打工，我们根本没有多少时间跟他相处，平时也不跟他说话。就连上课，他也是独自坐在第一排，留给我们一个后脑勺。渐渐地，他对我们来说成了一个面目模糊的陌生人。我们班级中没有一个人能清楚地记住他的长相，包括我们这些室友和不时过来我们宿舍的班长。

我看过一些警察破案的电视剧，有些人为了冒充别人去整容，但是我从来不知道，原来有些人什么也不做就能冒充另一个人，只因为所有人都不关心那人的死活。

宋跃最终被绳之以法。

几天后，我们看到了宋鹏的父母，他们来宿舍收拾宋鹏的东西，我们礼貌地喊了声叔叔阿姨，他们微微答应了一声。我和蒋子文有点鼻酸，退出了宿舍，等我们回来时他们已经走了，走之前还打扫了一下宿舍的卫生。

后来，我在外面买了些纸钱，在宿舍楼后面避风的空地堆成一堆，掏出打火机点上。我不是个迷信的人，但现在除了烧纸钱，想不出还有什么办法来追悼死去的宋鹏。

宿管也知道这个命案，没阻止我，只是提醒了一下要注意安全。

我站在纸钱堆旁边，看着火焰静静燃烧，纸钱在火中化为黑色纸灰。

当纸钱即将燃尽的时候，蒋子文静静走到纸钱堆边，把手中的纸钱一张一张地放进火堆里，火苗又重新旺起来。

等最后一张纸钱烧完，蒋子文才从他提着的塑料袋里拿出一罐啤酒，打开，倒在纸灰的余烬中，说：“宋鹏，我们宿舍一起喝一杯。”

因为宋鹏的不合群，我们宿舍从来没有一起喝过酒，这让喝酒海量的蒋子文觉得很不尽兴。这是他第一次跟宋鹏喝酒，但宋鹏已经不在人世。

混合了啤酒泡沫的纸灰发出“滋滋”的声响。蒋子文把塑料袋里的啤酒拿出来分给我，自己也打开一罐，仰头就是一大口。

我拿着啤酒有点尴尬：“我……一点儿酒也不能喝。”

“那你就敬宋鹏一杯吧。”蒋子文又灌了自己一大口酒。

我把自己手里的啤酒打开，倒在地上的纸灰里，地上的酒水混合了纸灰后变成黑色，在地上蜿蜒流过。

就像我回校那天看见宿舍的满地水迹。

关于《极品室友》的小采访

Q 采访人：蛋壳

A 被采访人：北极光

/ 作者简介 /

北极光，清华大学生物学硕士。首位在 Nature 杂志发表英文科幻作品的中国籍作家。

代表作：《虫围》《雾止中山》等。

蛋壳：可以介绍一下自己吗？

北极光：毕业 N 年的高龄人口，喜欢写推理和科幻小说，但因为懒得努力，至今仍是老透明一枚。在校时读的生物专业，毕业后从事过一段时间生物行业的工作，目前已转 IT 业。

◎ *清华的标志性建筑，又称二校门，其实是在学校里面，并不是清华的大门口*

蛋壳：身为全国最知名大学的毕业生是一种什么样的体验？

北极光：毕业后混得不大好，对不起母校。

蛋壳：从小到大都是学霸吗?

北极光：成绩是比较好，但也不是每次都第一。我考上清华时，朋友家人都有点惊喜。

蛋壳：觉得清华有什么跟其他大学不一样的地方吗?

北极光：一是食堂，特别便宜特别好吃！二是大家都好勤奋啊，图书馆和通宵自习室总是供不应求。三是清华比较注重全面发展，会让学生选修一些其他专业的课，比如你是物理专业，会安排你选修个生物专业的课程，所以很多学生都知识面特别广，适合交叉学科。

蛋壳：有什么跟同学之间的趣闻分享吗?

北极光：班上一个男生用小鼠做实验时被小鼠咬了，跑来问我怎么办，我让他赶紧打狂犬疫苗，他说："我以前打过，现在能不能不打？"

我问："你什么时候打的？"

他说："小时候。"

我无语："那你现在还是要打的。"

他不死心，继续问："除了打疫苗，还有什么办法吗？"

我只能说："你趁现在神志清醒，赶紧把你要咬的人列个名单出来吧。"

（本文编辑：——哈哈……哈）

◎ 本广东人在清华看到了人生中的第一场雪

蛋壳：为什么会想着创作一个有推理色彩的故事？

北极光：从小就喜欢包青天、金田一、柯南、福尔摩斯，后来刚开始写小说时也只写推理，因为理科生逻辑思维很强，擅长这些。为了写好推理还学了点法医学。

◎ 雪堆成的小猪

◎ 刚开学时听施一公教授的讲话，他现在已经不在清华了

蛋壳：可以分享一个真正实用的学习小技巧吗？

北极光：毕业这么多年早忘了……就记得刷题技巧了：真题非常重要，一定要把近来十年的高考题都做一遍，最好是把第一次做错的题都收集在一起，过一段时间再刷一遍，看还会不会做错。因为高考出题都是有规律的，多做些真题可以掌握老师们的出题规律和思维方式，甚至有些题会重复出现。还有就是，一定要吃好，注重营养，我高考那年反而胖了十斤，就是吃太好了。身体好才能学得好。

蛋壳：给梦想上清华的孩子一个实用的建议吧。

北极光：清华是工科比较强，所以喜欢文科的同学们可以移步北大了，而且我们那个时候，清华在我们省高考不招文科，但保送生就可以上文科的一些专业（清北在我们省的录取率不大高，很多专业高考都不招）。

还有就是有些同学可能是比较看重学校的招牌又对自己高考不是很有信心，想先报个分数低的专业考进清华，等入学后再转专业，但大学里转专业还是比较难的，抑或可以考虑在保研、考研时换个专业。

清华大学

Tsinghua University

清华大学（Tsinghua University），简称“清华”，是中华人民共和国教育部直属的全国重点大学，位列国家“双一流”A类、“985工程”“211工程”。

前身清华学堂始建于1911年，校名“清华”源于校址“清华园”的地名，是晚清政府设立的留美预备学校，其建校的资金源于1908年美国退还的部分庚子赔款。1912年更名为清华学校。1928年更名为国立清华大学。

It should be a future

清华大学 校训

——自强不息 厚德载物

/带你去一勺池看海/

DAINIQUYISHAOCHI KANHAI

文/周野

1. 保研路上，碎花长裙和他的老婆

每所大学大概都有一条保研路。

有关这条保研路，刚踏进大学校园的愣头青们，无疑会从师兄师姐那里听到这样或那样的故事，而面对愣头青们“真的吗”“不会吧”的疑问，师兄师姐则报以神秘的微笑。而后这些不知猴年马月主人公姓甚名谁的故事，一代一代

传给新来的小萝卜头们。

人大也不例外。

徐衣刚进校门没多久，就听闻学活旁边那条小路是保研路，而路上相隔甚远又异常昏暗的路灯和婆娑鬼魅的树影，更为此平添了三分恐怖气息。

作为一个白白净净细长条的四川妹，徐衣性子大大咧咧如同呛口小辣椒，内里却绵绵软软活脱脱一根软面条，是个自打小学三年级看完《少年包青天》近十年后，关灯睡觉依然不敢把脚脖子露在外面的胆小鬼。

所以当她结束了社团活动，大晚上十一点多从保研路经过时，脸上笑嘻嘻，心里喵咪咪。

仿佛为了印证关于此路的传闻，不知怎的，凭空邪了门地刮起妖风，刮得她的碎花长裙迎风飞舞，恨不得罩在脑门上。

徐衣两手抓紧裙子，作势要跑。

突然，不知从哪扇门里蹿出一个黑影，倏地一闪而过，她还没来得及看清，就听到身后极轻的脚步声，那黑影很高，呼吸声近在耳边。

刹那间，徐衣头皮发麻、汗毛奓起，身体在脑子之前做出反应——

转身。

双手握拳。

抬脚。

“哈！”

伴随着一声暴喝，漂亮的长腿高高抬起，凭借三年的跆拳道功底，一脚踹在黑影脸上，打得他屁滚尿流，哭爹喊娘。

——最后十一个字只存在于幻想中。

徐衣一脚踹出去，柔软的鞋底确实接触到一处硬物，对方没滚没尿没哭没喊，依旧笔直地站着。

她的姿势却绷不住，只能收回腿。这一收，就尴尬了。

碎花长裙对得起那个“长”字，随着她抬腿的动作掀上去，罩了对方一脸。后背却因为太过紧身，“刺啦”一声，裂了。

徐衣：“……”

一瞬间，她连恐惧都忘了，心里万马咆哮，脸上热辣滚烫。

被罩住的黑影动了动，裙摆掉下来，一张帅气逼人的脸骤然出现在眼前——

以保研路上灯光的亮度，她绝对看不清对方的脸，但是后来无数次回忆，她都万分肯定，她看清了那张脸！

而且，她在心里做贾宝玉状：这个小哥哥，我定是见过的。

因为他帅！

哪怕现在这个大帅哥正挂着两条夸张的鼻血，一脸蒙。

彼时的大帅哥孟舟盘靓条顺，性格乖张，无缘无故被人一脚踢得鼻血横飞，当即奓毛："谁呀没事踹我？脑袋后面眼睛长斜啦？"

徐衣："你跟踪我！"

孟舟："跟踪个鬼，我"青人"的，刚组稿结束。"

徐衣："……"

"青人"她知道，是校内的杂志《青年人大》，刚开学社团招新的时候见过。

徐衣两只漂亮的大眼睛轻轻往旁边一瞄，确定了，旁边似乎……好像……就是《青年人大》编辑部的办公室。

她自知理亏，哑火，呛不起来了。尤其这个大帅哥正鼻血横流呢。她小心翼翼地瞄了眼他高挺的鼻梁，道："你鼻血怎么办？”

孟舟哼哼：“鼻血凉拌，你先赔我老婆！”

徐衣：“？？？”流个鼻血要我以身相许？脑子“瓦特”了吧。

徐衣正待发飙，顺着孟舟手指的方向，看到了躺在地上的照相机。

徐衣：“……”呵呵！

误会解除，徐衣认栽，赔偿医药费、相机修理费等。为防她跑路，孟舟押下她的校园卡。看着校园卡上的名字，孟舟“咦”了一声：“这名字有点耳熟。”

呵！

徐衣翻了个白眼，多么老套的搭讪，莫非是看我长得漂亮？

徐衣掏出手机，扫码加好友。

“叮——”

弹出来的信息叫她一愣——

孟舟，微信号……地区……

这人已经是她好友！

她连忙点进消息对话框，然后就蒙了。

怪不得大帅哥这么眼熟，这不就是她亲妈的同学家的成绩优异相貌英俊乖巧懂事并且和她考上同一所大学的好儿子孟舟嘛！

回想起高考录取通知书下来后自己得到的第一条指令就是和一个只敢拿出婴儿照的人去相亲，十八岁的徐衣表示压力很大。

尤其是这个人满嘴跑火车，曾经信誓旦旦地告诉她，等到入学了，要带她去一勺池看海。

众所周知，人大一勺池，池如其名，也就“一勺”那么大。

可惜两人以前都没来过人大，一个什么都敢说，一个什么都敢信。

所以当徐衣拖着行李箱从十号线苏州街站 C 口出来，躲过一拨又一拨推销理发卡的“汤姆”和“托尼”，吭哧吭哧地踏进人大西门，在别人都被雄壮威严的明德楼吸引时，只有她傻兮兮地凑到一勺池跟前，瞅着池里没不过脚踝的水，得出结论——

此人不靠谱！

不见！

没想到兜兜转转，还是叫他们碰见了——

孟舟盯着手机屏幕，也愣了一瞬。

徐衣龇牙，露出一笑：“要带我去一勺池看海呀？”

孟舟：“……”

2. 如论讲堂，润唇膏和她的双眼皮

明国楼里，学生排排站着练声，为即将到来的一二·九大合唱做准备。

徐衣立在人群中，一身粉红色的针织连衣裙，衬得巴掌大的鹅蛋脸红扑扑的。为了弥补她那条被撕裂的雪纺碎花长裙，孟舟赔了她一件连衣裙，与此同时，她大出血修好了那架照相机。

合唱结束，解散。

徐衣匆忙收拾好东西，小鹿般奔向楼外，远远地就看到了等在如论讲堂前的孟舟。

所谓不打不相识，自打保研路上初相遇，徐衣一脚将自己踹到了孟舟脑子里，原本停了两个多月的微信聊天记录，竟然诡异地恢复到了两天一次的水平。

孟舟身高腿长，黑色风衣罩在身上，两只手藏在口袋

里，身体微侧，自成一道风景，引来外院女生窃窃私语声无数。

徐衣两手抱住相机，飞速向他奔去，隔得老远，就听他嘀嘀咕咕，走近了，才听清楚——

“卡哇伊，日语系妹子。”

“太硬了，德语系的。”

徐衣：“……”

“明国”是明德国际楼的简称，里面囊括了英、法、德、日、俄五个语系的学生，此时练声结束，正成群结队从楼里出来。

顺着他的话头，徐衣一一扫过面前经过的女生，不由得惊愕——小瘪犊子，竟然真的凭穿着打扮，将这些女生的语系猜得毫无差错。

这已经不是变态，而是完全变态了！

猜了一会儿，孟舟没了兴致，转过头来。

徐衣抱着相机原地转了个圈：“你看我像学什么的？”

孟舟摸了摸下巴：“蒙古语。”

徐衣眉梢一挑：“怎么说？”

孟舟警惕地往后退，边退边唱了起来：“因为套马杆的汉子你威武雄壮，凌空的一脚像疾风一样……”

徐衣：“……”

她多想再来凌空一脚，让他感受一下像不像疾风。

可是不能，她要优雅，要矜持，要对得起身上这套粉红色连衣裙。

她忍！

空气中回荡着孟舟放肆的哈哈大笑。

相机修好，为表庆祝，孟舟请客，地点西门外的辣尚瘾。

两人落座，点单，大眼瞪小眼，看谁先说话。

半晌，一只纤长的手伸到面前，两指间夹着一张面巾纸："擦一擦。"

徐衣被那只骨节分明的手晃得眼晕，接过面巾纸，傻乎乎地盯着对方，就见他指了指嘴巴，嫌弃道："你早上吃什么了，这么油，嘴巴都不擦。"

徐衣："……"

天地良心，那是她抹的润唇膏！

无端被人泼了一盆不讲卫生的脏水，徐衣化悲愤为食欲。

她正吃得一身是劲，满脸冒汗，就听对面来了一句："吃完我去试相机，拍照，你给我当模特。"

徐衣抬头："怎么不找你同学？"

孟舟："不熟。"

徐衣指了指自己，又指了指他，意思很明显——咱俩熟？

"你瞧瞧，这谁干的好事？"孟舟指着鼻梁上的创可贴，哼哼笑，“再说，我这么帅，万一人家贪图我美色怎么办？”

徐衣无语。你光想着人家贪图你美色，难道我就不贪了？

饭毕，埋单。

徐衣站在孟舟身后，右腿微微屈起，身体半侧，一只手臂抬起，指尖撩起长发，展露出漂亮的锁骨，打算让他见识一下，什么叫“天生丽质”“模特气质”。

不料，结完账的孟舟一回头，视线就落在徐衣肚子上，大惊小怪道：“哎呀，你有啦？”

徐衣一低头，脸色微红。该死的孟舟，居然赔了她一件紧身的连衣裙。松软的毛衣紧紧贴合着腰身，身体任何一点儿变化，都在毛衣上显露无遗。

她用力吸了口气，将圆鼓鼓的肚子吸得瘪瘪的：“胡说！”

可是一说话，她的肚子又鼓了起来。

徐衣："……"

她快要哭了，都怪孟舟，为什么要请她吃烤鱼。不知道她最喜欢吃烤鱼嘛！

一二·九大合唱眨眼就来，所有人化妆完后都在教室里候场。

作为《青年人大》记者，孟舟负责摄像。徐衣正美滋滋地欣赏自己的妆，冷不丁被一只手抓住，拽离了教室，堵在某处隐蔽的墙角处。

"干什么？"

"你眼睛怎么这么红？"孟舟盯着她的眼睛，"昨晚被人打了？"

徐衣："你才被打了！那是眼影，师姐刚刚给我化的，其他女生也都化了，你什么眼神？"

孟舟："那你眼皮上怎么回事？"他边说着话，边微微弯腰。

陡然靠近的气息让徐衣呼吸一滞，想要解释的话顿时在脑子里化成糨糊，一个字都挤不出来。

眼看着孟舟抬起手，漂亮的手指贴近，微凉的带着一丝粗糙的指腹贴向她的眼皮，而后——

“嘶——”

撕掉了她的双眼皮贴。

孟舟：“咦，我还以为是毛毛虫呢。”

徐衣：“……”

3. 求是楼，旺仔和他的红牛

过了元旦，考试周的脚步近了，刷夜的队伍陡然壮大，刷夜宝地可谓一座难求。

徐衣堂堂学霸，期末考于她而言，头等大事。

孟舟这么个吊儿郎当的败家玩意儿，成天忙着拍照写稿，专在这时候给她整幺蛾子，要她帮忙占座刷夜，甚至不惜搬出徐衣她妈这座大山。

面对亲妈“每个月生活费加一千”的威逼利诱，徐衣可耻地投降了，老老实实地给孟舟占座。

可怜徐衣坐了一整天，头晕眼花，孟大爷才姗姗来迟，坐下后一手伸进书包，掏来掏去，愣是一本书没掏出来，反倒掏出一瓶红牛。

徐衣伸出手，算他还有点良心，知道给她带瓶红牛。

不料这人毫无自觉，龇牙一乐：“真男人就该喝红牛。”长臂拐了个弯，划出一道完美的弧线，而后——红牛藏进了桌洞里。

徐衣翻着白眼，恨不得叫老天来收了他——真是干啥啥不行，耍帅第一名。

忽然，眼前红光一闪，一个红通通的瓶子凑到眼前，耳边传来轻轻的带着笑意的声音：“喝了旺仔，今年要旺哦。”

前后左右都是人，自习室内静悄悄的。

孟舟压低了声音，身体靠得那么近。

徐衣脸颊旁全是他说话时吞吐的气息，淡淡的，带着干燥的果木香。

她慢吞吞地接过瓶子，手指蜷缩，铝制的瓶身冰冰凉，她却无端感觉到一丝残留的温热，藏在碎发后的耳垂，悄悄地红了。

就在这时，突然一声轻微的“噗——”声在教室内响起。

徐衣一愣，眼神困惑地转向孟舟。与此同时，前排的人转头，盯着他们俩。

孟舟面不改色心不跳，身体保持着方才的姿势，眉头微微蹙起，小声教训道：“徐衣，大庭广众的，你怎么能放屁呢？”

徐衣：“！！！”

手里的旺仔瞬间更热了，耳垂更红了。

这个浑蛋，睁着眼说瞎话。

可徐衣是什么人？那可是吃着四川辣子长大的辣妹子！

她心里轻呵，磨了下后槽牙，扬眉一笑：“香不香？”

孟舟：“……”

4. 知一楼下，煎饼和他的围巾

徐衣生气了，十瓶旺仔都哄不好的那种。

所以孟舟用了二十瓶旺仔外加北区二楼一个月的铁板黑椒牛柳饭搞定了她，并且请她去爬山作为额外补偿。

徐衣腰不疼了腿也不酸了，美滋滋地在宿舍里“对镜贴花黄”，面对室友的调侃依旧眉飞色舞——

没办法，谁叫孟舟那么帅呢。

这是身为颜狗的坚持！

走出宿舍楼，看到孟舟后背上的摄像包，徐衣就老不客气地哼起来：“说是请我爬山赔罪，我看是想找我当模特。”

孟舟大丈夫能屈能伸，指哪儿打哪儿，乖得像个孙子，不住点头：“那是、那是。”

徐衣得意起来，看吧，还是她美貌无敌。

她自个儿得意还不行，还要听到孟舟承认，故意问道：“怎么不找你们班女生，都这么久了，也该熟了吧？”

孟舟不假思索：“熟倒是熟了，就是技术太烂，拍得太丑，人都不愿意。”

徐衣：“……”敢情我连个人都算不上！

徐衣气极了，风风火火地背着包就走，留下孟舟狠狠挠了把头发，不知道这小妮子又闹什么脾气。

一路上谁都不吭声，孟舟个死心眼，只知道抱着相机对着她“咔咔咔”，一句软话都没有。

徐衣更生气了。

山上刚下了雪没多久，道路湿滑，有的地方雪化了，雪水结成冰块，异常难走。

走到一个下坡路，眼瞅着前头亮到反光的冰面，徐衣心底颤了下，眼看孟舟长腿一跨，便跨了过去，紧接着转身，伸手，一脸笑意地看着她。

天气太冷了，孟舟的手冻出了青白色，白净的指节支棱在空气中，与远方白雪盖顶的山峦融为一体。

徐衣的气忽然没了。

她舔了舔干燥的唇，试探着伸出手，缓缓向他的指尖靠近，同时，抬脚，踏了出去。

谁能想到，孟舟突然抽回手。

“砰——”

徐衣一屁股摔在地上，顺着滑溜的路面就往下滑。

“哈哈哈——”

身旁，孟舟哈哈大笑。徐衣眉毛一竖，趁机拽住相机带子，只听“咔”的一声脆响。

徐衣龇牙：“哟，你老婆裂了。”

孟舟：“……”

一个屁股蹲摔得徐衣七荤八素，在山里冻了一整天，晚上回到学校，她头晕眼花，又累又饿，瞌睡到走路都打盹儿。

“行不行啊你？”孟舟放不下心，坚持要将她送到宿舍楼下，顺手给她从知一旁边的小窗口买了份煎饼。

徐衣住知一，孟舟住知二，两栋宿舍楼挨着楼，相距不过二十米。

对此，徐衣表示：“脱裤子放屁——多此一举。”

知一楼下向来是情侣们难舍难分、卿卿我我的场所。

君不见多少有情人，大冬天站在寒风里，男孩子张开手臂，紧紧抱着自己的女朋友，哪怕冻得发抖，也舍不得分开。

徐衣以前不觉得有什么，大把大把的狗粮她早吃腻了。今天却不知怎的，打翻了柠檬罐，鼻尖泛酸，心头发苦。

同样是男孩子送回来，怎么别的女孩子就可以躲在男朋友怀里撒娇，她却头昏脑涨屁股疼，肚子饿得咕咕叫，连吃个煎饼都是五块钱不加蛋不加肠那种。

孟舟这个该死的，她咬了咬牙，半死不活地挥挥手，让他滚蛋。

“那我走了。”孟舟丝毫没有察觉到徐衣情绪低落，随口唠叨了一句，“回去记得多喝热水，别感冒了。”

多喝热水……

这简直能让每个听到这话的女生吐出一口老血。

徐衣还没来得及有什么反应，就听“扑哧”一声，旁边一个女生从男朋友怀里探出脑袋，看到孟舟的刹那，眼珠子一亮，再看向徐衣的眼神就带了一丝怜悯。

徐衣："……"

徐衣看到了，孟舟也看到了。

大眼睛骨碌碌转了两圈，徐衣仰头，瞅着孟舟脖子上那条红色围巾，眼睛眯成了月牙，声音压得低低的："围巾解下来，给我戴上。"

孟舟会意，可他不想解，脖子一缩："好冷啊。"

"忍着！"徐衣眉毛一竖，抓起煎饼，凶神恶煞地咬了一口。

孟舟悻悻，解下围巾套在她脖子上。

徐衣这会儿心气顺了，感觉那些小情侣撒的狗粮，也不是很甜嘛。

她还没得意完，脖子上就一紧，长长的围巾被打了个蝴蝶结，盖住了她的下巴，只露出半张小小的脸。

不仅如此，肩膀上忽然搭上来两只手。

昏黄的路灯下，孟舟眼中似乎闪过一丝光亮，快得她抓不住，只听到呢喃般的低语：“再送你个拥抱好喽。”

身体一热，有力的双臂拥住了她，一只手轻轻抚弄着她的头发。

徐衣呆住了，两手张开在身体两侧，视线被孟舟胸前的衣服挡住，脸颊贴在他身上，冰冷的，不带丝毫温度。

心里却鼓噪着！

沸腾着！

叫嚣着！

“嗝——”

她被煎饼噎住了。

5. 教一，选修课和他的武大郎烧饼

徐衣有点蒙，她已经蒙了两天了。

这会儿坐在选修课上，还在发晕。

孟舟这浑蛋是怎么回事？那个拥抱是怎么回事？抱完了就……完了？

没点别的表示？

想到孟舟跟她同一节选修课，她就有点紧张。待会儿见了该说啥？还是啥也不说？

正猫爪挠心七上八下，手机一振。翻出来看了看，徐衣只想翻白眼——

大爷的，孟舟这个浑蛋，又翘课了！还让她帮忙答到。

回想起孟舟第一次找她要课表时的情形，她还微微激动，以为他对自己有意思。不料这臭小子选了跟她一样的课，就是为了让她帮忙点名。

每所学校估计都差不多，人大有“四大名嘴”，四位名师的选修课一课难抢，自然也就有不那么受欢迎的选修课。

尤其是在教一这种大型阶梯教室里，翘课的学生一多，放眼望去，上座率惨不忍睹。

这要是餐馆，只怕早就“停业装修”了。

环顾四周，看着稀稀拉拉的同学，徐衣心里颤了颤——老师，您可千万别点名啊！

怕什么来什么！

当任课老师拿着花名册走近时，徐衣的心都快蹦了出来。

“孟舟——”

该死的名字响起，徐衣心虚气短，从后槽牙里吐出一个字：“到！”

下一秒，

“徐衣——”

徐衣：“……”

眼睁睁地看着老师在她的课桌旁站定，她闭了闭眼，假装没听见。

“徐衣？徐衣到了没有？”

徐衣：“……”我到了，我也没到。我一定是薛定谔的到。

这一刻，她只想把孟舟那小犊子大卸八块。

上座率惨不忍睹，老师发了飙，限定在座的人给缺勤的人打电话，十分钟内赶来的都算数，否则就扣平时分。

徐衣手指恨不得戳穿屏幕：“十分钟，十分钟内赶不过来，我将你老婆碎尸万段！”

望眼欲穿中，孟舟总算赶了过来。

一头鸡窝似的头发，趿拉着拖鞋，冻得脚指头都青了，一看就刚从被窝里爬起来。

感觉到人坐在了身旁，徐衣连个眼神都没给他——

她在生气呢。

没过几秒钟，胳膊肘被人轻轻碰了碰。

徐衣不理他，刚才点名吓了她半死，她才没那么容易原谅他。必须让他知道这件事的严重性，看他还敢不敢睡懒觉！

两分钟后，胳膊又被碰了碰，与此同时，鼻尖嗅到一丝熟悉的香气，耳边簌簌的是包装纸的声响。

徐衣假装不在意，眼角余光偷偷瞟了过去——

好家伙，这浑蛋连鞋都没来得及穿，竟然买了武大郎烧饼！

烧饼铺子在留食旁边的小窗口，徐衣最喜欢吃梅干菜瘦肉的，每次都要排十几分钟的队。

“梅干菜瘦肉。”孟舟声音压得低低的，讨好地冲她挤眉弄眼，“加辣。”

徐衣两眼登时就亮了。

徐衣嘴角一提，瞅着孟舟臭屁的表情，又连忙敛了敛神色，一脸骄矜地接过烧饼。

真香！

选修课实在无聊，徐衣正襟危坐了半个小时后，实在撑不住，在课本后面画了一个九宫格。

孟舟脖子凑过来，悄悄地问："做什么的？"

徐衣压低声音："九宫格，九个里面有奖励，五块钱一次，来不来？"

孟舟两眼贼亮："奖品大不大？"

徐衣："物超所值。"

孟舟："来！"

点开微信，发送红包。

三分钟后，看着仅剩的两个格子，孟舟两眼发急："再来！”

九分之一的中奖概率，前面七个格子，愣是一个没中。

要不是自己亲手设置的奖品，徐衣都要怀疑这里头是不是有猫腻了。

看孟舟着急的眼神，徐衣心软：“要不然算了？”

孟舟不服：“不能算！”

发完五块钱红包，孟舟牙关一咬，闭着眼指了个方向：“就这个！”

徐衣悄悄转了转课本方向，低声道：“恭喜。”

听到这一声，孟舟连忙睁开眼皮，喜形于色——

“任意卡，可满足对方任何要求。”

任何要求——

孟舟的眼珠子骨碌转了两下，意味深长地盯着徐衣。

在这炙热的目光注视下，徐衣忽然有些紧张，几乎仓皇地躲开了眼神，视线却落在了他脖子上的红色围巾上。

她还记得围巾的温度。

任何要求，孟舟会提什么呢？

她有点慌。

忽然觉得不该让他赢这一次。

“任何要求。”孟舟将这几个字在嘴巴里滚了一圈，脸上挂起莫名的笑意，他小声道，“我要是说了，你先保证，不生气。”

徐衣轻轻点着头，她脸上在烧，心里烧得更厉害。

隐隐约约有种预感，又不敢确信。

眼皮偷偷抬起，讲台上，老师正在激情澎湃地讲课，她却一个字都没灌进脑子里。

她听到孟舟贼笑着说：“来，叫爸爸。”

徐衣：“……”

徐衣的脸黑下来。她偏不。

她叫：“爹。”

“等等等等！”孟舟急急地打断她的话，“你是我亲爹，这个不算。”

课桌下，徐衣的小拇指忽然被人钩住，耳边轻轻的，听到孟舟的声音：“下课去一勺池看海吧。”

徐衣：“好。”

他的手真热，烫得她激灵了一下，比围巾更温暖。

I hope you're fine, The future is warm.

关于《带你去一勺池看海》的小采访

Q 采访人：蛋壳

A 被采访人：周野

/ 作者简介 /

周野，毕业于中国人民大学，热爱小语种却学不顺溜的汉语言毕业生，花心却只喜欢我对象的射手座一枚。（编者注：约稿时作者还在热恋中，结果因为该书制作期太长，截至发稿前，作者已分手，故前面那句作废）

代表作：《我的戏精男友》

蛋壳：可以介绍一下自己吗？

周野：胸无大志女神经一枚，从小到大经历过几次转学。自认考运不错，比较重要的考试都顺利过关，也许这

◎ *八月的明德楼，学生都放假了，只剩风和我*

就是导致我在其他方面点背的原因。T_T

蛋壳：在你心中，人民大学是一所什么样的大学？可以用自己的语言简单介绍一下你的母校吗？

周野：这么重要的问题怎么可能用语言介绍得清楚？强

烈建议小可爱们看看我校校徽，嘿嘿嘿！

蛋壳：当初为什么会选择报考人大？

周野：还能为什么……当然是因为考不上前面那几所，扎铁了老心。

记得填完志愿以后，校长很惊讶：你填的人大这××专业，要是被录取了怎么办？

还能怎么办，录取了当然是去呀去呀去呀。

对于高考的分数和录取，主要还是看各省排名以及当年学校在本省的录取名额吧。

像我的专业全省一百多名就进去了，我的小学妹进了比较好的专业，如果没记错的话她当时是全省53（好像，错了就错了，反正小学妹也看不到）。

哦，对了，我和小学妹都是文科生，至于理科（理科是什么哈哈哈哈哈哈）。

蛋壳：从小到大都是学霸吗？

周野：在同学眼里是学霸，自己倒是没什么感觉。尤其是进入大学后，真的被其他人碾压成渣渣呀。ㅠㅠ

◎从校外看校内，从靠近人大到离别

蛋壳：觉得人大有什么跟其他大学不一样的地方吗？

周野：不一样？这可难住我了。

就我逛过的几所高校来说，我人是真小……太小了！

但是，当你早起发现第一节课快迟到的时候，谢谢它那么小（不是……）。

蛋壳：对于“一勺池”这个故事有哪些创作花絮或者创作背景吗？

周野：在我进入校门前，对于一勺池也是像徐衣一样满怀憧憬的，可是在校的时光，有很长时间池子里一点儿水都没有。它是干的干的干的啊！

也许是强大的怨念促成了去一勺池看海的美好愿望（做梦！）。

蛋壳：可以分享一个真正实用的学习小技巧吗？

周野：就是学起来开心，所以兴趣很重要！

蛋壳：给想要报考人大的学生一个实用的建议吧。

周野： 从校长的吐槽也看得出来，怎么报考——还是找专业人士咨询吧，老阿姨已经跟不上现在的招生形势啦！

不过，倒是有一点需要强调，报考前还是要好好衡量一下专业和学校光环哪个更重要。

中国人民大学

Renmin University of China

中国人民大学（Renmin University of China），简称“人大”，是教育部直属高校，教育部与北京市共建，位列国家首批“双一流”“211 工程”“985 工程”，是一所以人文社会科学为主的综合性研究型全国重点大学。

学校前身是 1937 年成立的陕北公学，以及后来的华北联合大学和北方大学、华北大学。

1937 年“七七”事变以后，为培育革命干部，满足抗日民族解放战争的需要，中共中央于 1937 年 7 月底决定创办陕北公学，由林伯渠、吴玉章、董必武、徐特立、张云逸、成仿吾等人筹办。

人民大学 校训

——实事求是

/ 我真的不想吐槽，但你们的缺点显而易见。

/ 与其继续伪装，不如坦然相见

/ 秦淮烟雨少年事 /

QINHUAIYANYU

SHAONIANSHI

文 / 苏非影

题记：从此无心爱良夜，任他明月下西楼。

一、阿姨和杀马特

楼西西还记得自己第一次见到梁野的时候，是在一个下雨天。

那几天，经常被当作外景地的东大校园又进了一个民国剧剧组，她和系里几个正准备做毕设的女同学被辅导员临时叫过去做群众演员。

正是秋风乍起的时节，南京降温十度，一群姑娘烫了玉墨那种紧贴头皮的大波浪，瑟瑟发抖地穿了开衩旗袍，玻璃丝袜，踩着高跟鞋在中大院门口走来走去做人肉背景，一走就走了三个小时，脚都不是自己的了。

幸好后来下起了雨。

等到剧组收工，楼西西浑身已经淋得湿透，急匆匆拎着袋子去洗手间换衣服，谁知刚下过雨的台阶湿滑无比，穿久了高跟鞋的脚又虚浮无力，最后一脚没踩实，一骨碌滑了下去，结结实实地栽倒在地。

中大院的台阶不下十级，她这一下摔得不轻，一时起不来，只好半趴在地上，就听耳边传来一个男生轻快的声音：

“阿姨，走路要小心哪！”

阿……什么姨？

声音听着挺悦耳，说的话怎么就那么欠揍呢？

楼西西抬起头，没好气地说：“叫谁阿姨呢？”

对方轻轻“啧”了一声，伸手扶起了她，毫无诚意地说了一声“对不起，看岔了”，就长腿一迈，连跨三级台阶，飞快地蹿进了中大院高大的门楼里。

楼西西甚至来不及看清他的脸，只记得个子颇高，一头引人注目的暗灰色头发，经典款 AJ，破洞牛仔裤，还有左耳的耳骨钉。

哪儿来的杀马特？

突然想起……中大院是建筑学院的院楼，莫非这个是建筑系的学生？

作为本校王牌科系，建筑系的学生可以这么嚣张的吗？

二、挺有礼貌和心胸狭隘

楼西西后来也不得不承认，自己那天确实会让人误以为是阿姨。

旗袍，高跟鞋，花掉的浓妆，淋了雨就像薹海带一样的复古大波浪……这形象再青春活力都救不回来。

可是自己承认和别人当面喊，还是有差距的。楼西西记了仇，第二次再见到那个杀马特小年轻的时候，她一眼就认了出来。

火车站里人来人往，但他的形象还是颇为引人注目——粉色T恤配工装迷彩裤，背着黑色双肩包，头上罩着红色头戴式耳机，走路时手插在裤袋里，人群中一站整个一副目中无人的样子。

也不知道出于什么心理，楼西西远远地跟了上去。

快进候车室的时候，里面突然冲出了一群人，大概是进站口换了，一个个拖着行李跑得飞快。他闪避不及，被一个拿着大包小包的大妈撞了一个趔趄，楼西西还以为他会发火，没想到这人居然什么话都没说，非但没生气，还伸手扶了一把失去重心的大妈，等她站稳了才走。

哟，还挺有礼貌的……

人群很快散去，跟上来的楼西西眼尖地发现，地上似乎掉了什么东西。

捡起来一看，是张插在卡套里的身份证。

应该是那个男生的身份证，名字叫作“梁野”，证件上的照片倒是不杀马特了，长得眉清目秀还挺好看，年龄尤其瞩目，比楼西西还小两岁。

把身份证放进卡套里这种操作……没想到有些人表面看着狂炫酷转，其实是个精致boy。

楼西西把身份证收好，快步走进候车室。

沪宁线上车多人多，等她好不容易挤到梁野身后三个人的位置，屏幕上就跳出了检票信息。

人群纷纷往前移动，楼西西也不由自主地被人推着走。队伍前面的人一个个过了票闸，到了梁野这边却卡住了。

他翻遍了身上每一个口袋，却什么也没有找到。身后的人不耐烦地催促着，他只好让到了一边，把背包拿下来，继续找。

耳边传来一闪而过的吐槽：“小年轻做事就是毛毛糙糙，不靠谱……”

楼西西有点想笑，这一刻，她被“阿姨”两个字伤到的心瞬间被治愈了。

她走过去，掏出那张身份证递到他面前：

“喏，同学，你在找这个吗？”

他抬起眼睛看过来。

楼西西的第一反应是：哇，睫毛好长！

梁野的座位和楼西西在一个车厢，隔了三排。

楼西西的位置靠窗，她脱了鞋子站上座椅，颤颤巍巍地把大箱子往行李架上放，正感到心有余力不足的时候，身后伸过来一只长胳膊，轻轻一托一推，把行李箱塞进了架子里。

梁野的声音凉丝丝地响起：“去上海而已，你搬家？”

此人为何每次开口都如此气人？

楼西西的个子将近一米七，光脚站在座位上比梁野还高，看他的时候有种居高临下的感觉，顿时觉得底气十足：

"同学，这好像和你没关系。"

"对帮忙的人就这个态度？"

"我也帮了你，你的身份证是我捡到的！"

"呵……"梁野发出一阵意味不明的笑声，"别装了，我认识你。"

楼西西惊了："哈？"

"不就是叫了一声阿姨？"他挑了挑眉，"心胸太狭窄了吧？你怎么不记得我还把你扶起来了呢？"

楼西西瞪大了眼睛："你怎么认出我的？"那天她明明化妆化得连亲妈都不认识。

"我过目不忘，阿——姨。"

"……"

怎么办？她又想口出恶言了。

可还没有付诸行动，过道里就传来一个声音："哎呀，你们一起的呀？要不然我换个位置好了。"

看着那个手拿车票一脸"我懂"的小姐姐，楼西西正要拒绝，梁野却已经回答了一声“好的，谢了”。

楼西西去上海，其实是为了参加漫展。

作为一个开学时就定了保研名单，剩下的大部分时间都只要弄毕业论文的大四狗来说，她现在有大把光阴可以去浪费。

除了是在校大学生，楼西西还有另一个不为人知的身份——二次元圈子里的同人画手“西楼”。这次漫展，她和网络上的写手朋友合伙申请了摊位，做了周边，出了本子，场贩准备了几十套，所以才带了这么大一个箱子。

高铁平稳地行驶起来，身边的梁野戴着耳机，靠在椅背上闭目养神。楼西西无所事事，于是从挎包里掏出漫展的地图查看起来。

“哟，要去 CP[①]？”

冷不丁响起的声音，吓得她手一颤，手里的地图随之掉到了地上。

① CP 是漫展 comicup 的简称。

只见梁野不知道什么时候睁开了眼睛，耳机挂在脖子上，一边弯腰去捡地图，一边顺道看了一眼。

“这是哪儿？”

他指着图上红圈的位置，那是楼西西刚才用红笔标出的摊位。

“几个我想去的同人专区。”她一把抢回地图胡乱塞进挎包里，顺手拿出一本《钢结构工程》翻了起来。

耳边传来梁野的轻笑声：“哎……原来是土木学院的学姐呀！”

三、西楼和良夜

漫展比想象的累多了，到了下午，周边卖掉了一大半，楼西西整个人也快瘫了。

一起摆摊的小伙伴拍了拍她的肩：“西楼大大坚持住，我去给你买奶茶！”

她有气无力地应了一声，继续瘫……

直到有个怯怯的声音传来："请问……是西楼大大吗？"

她赶紧坐正，只见面前站着一个穿着Lo小裙子的小姑娘，正腼腆地对她笑。

"是我、是我！"

"太好了！我最喜欢大大的《安魂曲》同人本了，今天特意过来找大大的。我想要这个立牌，还有明信片……"

楼西西赶紧把她要的东西包好，然后抽出一张画好的签绘板："买满五十元可以得到签绘……"

话音未落，手里的签绘板就被人一把夺走了，某个熟悉的戏谑声音在头顶上响起："你画的？可以呀！"

楼西西一抬头，就看见一头引人注目的灰毛。

"你你你……你怎么会在这里？"

她瞪着梁野仿佛看到了鬼，上海那么大，国展中心那么多人，为什么这样都能遇见？

他今天依旧不改高调作风，柔软的灰色头发上勒了一根色彩鲜艳的发带，T恤胸前是朋克风的骷髅头，牛仔裤挽着裤边，耳骨钉在灯光下闪闪发亮。

没等他回答，一旁的小姑娘就发出了土拨鼠般的尖叫：“啊啊啊啊是夜夜！是活的夜夜！啊啊啊我太幸运了！夜夜你能给我签个名吗？啊啊啊！”

“爷爷”？什么玩意儿？

楼西西一脸愕然地看着梁野镇定自若地拿起笔，笔下字迹草得压根认不出他写了啥。

小姑娘的尖叫很快引来了更多的人，楼西西的摊子顿时被围得里三层外三层，梁野大概也有些招架不住，随手抽了一张空白的签绘板扔给她：“给我也画一张，等会儿我来拿。我现在要上台了。”说完挤出人群，一溜烟地朝着另一个场馆跑了。

他一走，围观群众也作鸟兽散，只有楼西西握着那张空白签绘板，半天没有回过神来。

小伙伴用冰奶茶碰了碰她的脸，羡慕地说：“哇，西楼你居然认识良夜！以前都没听你说过。能不能帮我要个签名？”

楼西西定了定神：“良夜……是谁？”

“古风圈超级有名的唱见[②]啊！你不知道？”小伙伴表示十分惊讶，急忙拿起手机，翻到漫展宣传的微博给她看，“你看这条微博写的，表演嘉宾：著名唱见良夜。活动时间就是今天下午，转发了几千条呢。”

“……”

古风？这……和他不搭呀……

楼西西后来还是偷偷跑去隔壁场馆看了演出。

梁野的歌声出人意料的动听，低音婉转，高音清亮，细节处理到位，再加上极具反差的外表，人气十分之高。主持人刚念完他的名字，台下的妹子就此起彼伏地尖叫，楼西西混在人群里，耳朵都要聋了。

他唱了两首歌，有一首叫作《秦淮烟雨》，其中两句

②日语外来词，指翻唱的业余歌手。

歌词出自李益的诗——从此无心爱良夜，任他明月下西楼。

那两句缠绵悱恻的诗文，被他唱得尾音袅袅，余韵悠悠。

楼西西的心里蓦然一动。

良夜，西楼。

这么巧，这一句里，有他们俩的名字。

四、少年和波澜不惊的青春

回了学校之后，楼西西发现自己偶遇梁野的次数渐渐多了起来。

有一回，楼西西在图书馆翻译材料到九点，中途休息去自动贩卖机上买咖啡，投完硬币，眼看着易拉罐“咕咚”一声滚落下来，正要弯腰去取，一只手从身后伸过来，当着她的面毫不迟疑地拿走了。

“这个点喝咖啡，不想睡了？”

欠揍的声音依旧，更欠揍的是他单手拉开了咖啡罐上

I should be a future

的拉环，咕咚咕咚灌了一大口。

“要你管！”楼西西朝他伸手，“还我！”

梁野从善如流地把罐子放回她手上：“给。”

“不要！你喝过了！”楼西西把那罐咖啡又塞了回去，“还钱！”

他笑了起来，眼睛亮晶晶的：“姐姐好小气。”

姐……姐姐？

这两个字被他用慵懒的嗓音念出来，居然莫名的“苏”，楼西西觉得自己脸红了。

最后，为了还那十块钱，他顺理成章地加了她的微信。

还有一回，楼西西奉了导师之命，回九龙湖校区找学弟交代短学期测绘实习的事，坐校车的时候居然又遇到了梁野。

“你去九龙湖干什么？”

没记错的话，建筑系从大一开始就在四牌楼本部，不像他们，大四才会从九龙湖校区搬进市里。

梁野回答得言简意赅：“找人。”

行吧，他说找人就找人……

等楼西西办完自己的事，已经将近中午，天空飘起了细雨，师弟赶紧找了把伞送她，一边朝校门口走一边殷勤地留她吃午饭。

说起来，她在这边待了三年，确实有些想念食堂里的饭菜了……

她正想答应他，抬头一看，不远处的篮球场边坐着一个外套颜色瞩目的人。

雨并不大，球场上依旧有热血少年在打球，梁野一脸不耐烦地背靠着铁丝网坐在场边，身边站了两三个撑着伞的女孩子。九龙湖这边有艺术学院，学艺术的师妹们都年轻靓丽又放得开，这情形多半是在搭讪。

楼西西考虑了一秒，决定视而不见。可是他却一转头就看到了她，单手一撑从地上跳起，穿过雨帘大步跑了过来。

那一瞬间，楼西西有些恍惚，觉得奔向自己的不是身穿亮黄色外套头戴棒球帽的少年，而是一整个即将逝去的波澜不惊的青春。

但这份感慨很快就被他打断了，他一把扣住她的手腕将她拽出了伞底，顺手摘下自己的棒球帽戴在她头上，然后拉着她朝校门口的车站跑去。

“快跑，再晚就赶不上班车了。”

“……”他要找的人呢？还找不找了？

后来，他们的午饭是在学校南门口的鸭血粉丝汤店里解决的，饭点比平时足足晚了两个小时。

除此之外，什么中央大道散步偶遇，前工院自习偶遇，就连去材料实验室拿资料都能碰到他……不到三个月，“偶遇”的次数十根手指头都数不过来，还每次都没什么好结果。

比如散步时突然被他拉去当网球陪练，打完球浑身酸痛路都走不动；又比如好好的自习时间莫名变成给他补习

《建筑力学》专业课；再比如刚拿完资料就在他的请求下去李文正楼找系科老师，结果还白跑一趟……

“你是不是对我有意见？”楼西西义愤填膺，“不就是漫展签绘给你画了一张穿旗袍的女鬼嘛，不至于吧？大不了，你还给我就是了。”

“不要。”梁野斜睨了她一眼，一口否决，“我觉得那张画挺好，跟你挺像。”

听听这说的是人话吗？她画了一个披头散发嘴角流血的女鬼，他居然说“跟你挺像”！

“呵呵，你们学建筑的，还会稀罕我的儿童画？”

“那不一样。”他撑着头看着她，眼睛亮亮的，蕴满笑意，“我们是学院派，你们是自学成才派，本来起点就不一样。放心，我不会嫌弃你的。”

这熊孩子，不怼她会死吗？

她难道不想做学院派？但即便她的成绩考不上东大建筑系，那也是985重点高校重点院系的一名即将本科毕业的正规学生，轮不到他一个才大二的小年轻暗戳戳 diss。

楼西西把书一合，起身就走，却被他拉住了。

“喂，这就生气了？好啦对不起，我请你喝咖啡。”

“没气。不喝。”

“……别生气了姐姐？”

没辙，完蛋，小浑蛋就会来这一套！

五、无心良夜和风月无边

“咦，这篇文章说，当下最流行的男友是可狼可奶的年下型……”室友大声地读着杂志上的分析，朝楼西西挤了挤眼睛，“所以西西，你那个建筑系风云人物的学弟，什么时候能上位？”

楼西西手里的画笔一歪，数位板上的线条画岔了。

她一阵心虚，一边撤回一边反驳：“上什么位，你想多了吧？我不喜欢年纪比我小的。”

舍友表示不解：“为什么？大家都是新世纪年轻人，

什么都不是问题，年龄算什么？我看他对你有意思，要不怎么到哪儿都能遇上？多帅一孩子，你收了不亏！”

“你以为收破烂呢，还不亏！”楼西西直接否决，“就凭他比我小，我就是不喜欢！”

话说得决绝，可熄灯了以后，楼西西眼前晃来晃去的都是梁野的脸。

讨厌，都怪舍友乱说，害她乱想……时不时就能遇见难道不是因为四牌楼校区太小了吗？

翻来覆去睡不着，楼西西干脆打开了应急灯奋笔疾书。

同人画多了，她一直打算开个原创连载，只是苦于不知道要画什么内容。

可就在今天，就在刚才，她突然把题目想好了——就叫《小狼狗同居日记》。

寒假过后的春天，建筑系的学弟学妹们按照惯例要去皖南的宏村、西递一带写生，为期两周。

梁野特地来和楼西西道别，还郑重其事地问：“你会想我吗？”

“哈？”

“看来不会。”他磨着牙哼了一声，“算了，今天陪我去逛夫子庙。”

“哈？”

会不会想他，和逛夫子庙有什么关系？

但是梁野这个人，说风就是雨，当机立断地把下午的课都翘了，带着楼西西直奔夫子庙。

夫子庙和秦淮河都是南京鼎鼎有名的旅游胜地，无时无刻都是人流如织，街边小店放的永远是最流行的神曲，摊子上的水盆里摆满色彩鲜艳的“雨花石”，每家饭店的招牌菜都有一道盐水鸭……楼西西刚来南京时就和同学逛过了，实在不觉得有什么好逛的。

而且这么接地气的风格，和身边这位时尚弄潮儿实在很不搭。

但梁野看起来很有兴致，流连许久，一直待到华灯初上，把十里秦淮照成了一轴流光溢彩的画卷。

站在河边，看着河中画舫悠悠驶过，桨声灯影之间，他的侧脸也被氤氲成了画中诗意的一笔。

“我唱过一首歌，叫《秦淮烟雨》，但是秦淮河我还是第一次来。”他用只有她听得到的声音说道。

“嗯，我听过……”就是漫展上那首嘛。

他轻轻笑了一声，慢悠悠地哼唱起来。

清唱，没有伴奏，也没有任何修音，却让楼西西听得心肝脾肺都一起打起了战。

他唱到那一句“从此无心爱良夜，任他明月下西楼”的时候，突然停住了，转过头来看着她。

“不想我也没关系，记住这一句就行。”

璀璨的灯光和清亮的水色倒映在他澄澈的眼底，风月无边。

六、柠檬精和你试试看

楼西西的新漫画连载进展顺利，读者们催更之余，还会留言和她讨论剧情，诸如——“好甜哪！请问大大打算让他们什么时候在一起”或者“太真实了！大大是不是有亲身经历”此类的。

面对后一种问题，她选择直接忽略。

梁野的写生实习也进展顺利，一周时间，他给她发了五条微信，打了两个电话，还发了两张素描作业实拍。

楼西西不得不承认，学院派就是学院派，即便只是作业，画面上的线条光影布局，也都不是她这种半吊子业余选手可以比的。

她悄悄按下了保存键。

万一……画背景时需要素材呢？

这一天，按照惯例开电脑，连上数位板，然后打开微博……上百个红色的艾特记号顿时惊呆了她。

楼西西急忙点开，粗粗浏览了一遍，心里有了数，她被人挂了——原因是“抄袭”。

虽然最近才开始原创，但她向来反对抄袭也绝对不会抄袭。只不过二次元人物的设定，原本就有很多相似元素，无非是发色瞳色眼睛形状头发长短的排列组合，很容易就撞了，一般人也不会太在意。

问题就在于，这个挂她的人，是个比她有名的画手。此人在微博里列举了“西楼”的九条“罪状”，每条 po 了一张图，从人设到分镜到角度再到场景，扒了一个遍。

在楼西西看来，这位大大列举的证据其实并不充分，甚至很勉强，充其量只是撞梗而已。但大大的粉丝数量是她的五六倍，一人一句就把“抄袭”给“实锤”了，就算有人提出质疑，也很快被淹没在口水战里，或者直接被拉黑。

连楼西西的私信也被粉丝攻占了，点开一个比一个骂得难听，看了十分钟她只好关掉。

郁闷……非常郁闷，十分郁闷。

更郁闷的是，身为当事人她还不能不理……等一下，先让她缓缓，想想怎么有理有据不卑不亢地写一篇自我申诉的帖子……

还没等她缓过来，躺在床上刷手机的舍友突然大叫了一声："西西，这个是不是你家小狼狗？"

小狼狗……梁野？

接过室友递过来的手机，上面是一张照片，粉墙黛瓦的徽州古建筑群之间，静谧的水面漂着点点莲灯，穿着汉服的女孩子手执团扇，含情脉脉地看着站在她对面的高大男生。

那男生一头前卫的灰色头发，银白色外套配短裤和马丁靴，和周围复古典雅的氛围格格不入。

楼西西滑动屏幕，查看上下对话。舍友是学校新闻社的前辈，有个名叫"东大卓伟"的微信群，每天都在聊八卦。这张照片是建筑系的新闻社成员发的，具体内容是建筑学院二年级在宏村写生实习期间，有个环艺的女生和朋友筹划了一场特别的表白。一大群姑娘穿了汉服，在水里点了莲灯，帮助同伴向一个男生告白。虽然不知道结果如何，不过唯美的效果颇为轰动，惹来了许多游人驻足围观，景区工作人员还拍了照片发在公众号上，差点就上了热搜。

楼西西面无表情地看完，又把手机扔回给了舍友。

“是不是他？不到十度的天气里还能穿短裤的人也就只有你家小狼狗了吧？”舍友一脸兴奋，握住拳头假装话筒递到她面前，“请问楼西西同学，此刻有什么感受？有没有化身柠檬精？”

“想太多，这和我有什么关系？”

楼西西哼了一声，手指摸到键盘，开始十指如飞，言辞犀利地开始敲她的反抄袭小论文。

梁野的电话是稍后一些时间打来的。

楼西西没接，她正忙着和网络上的喷子互掐，满腔怨愤化作通篇不带脏字的犀利言辞，超强战斗力将一群小学生网友怼得毫无招架之力。

梁野的电话铃响了三次之后，微信噼里啪啦地进来。

“接电话！”

“接电话！！！！！！”

“求求你了快接电话！”

“再不接电话我就叫你阿姨了！”

“……姐姐，求你了，打给我。”

楼西西统统没有理会。

和人打了一晚上嘴仗的她此刻累得只想隔绝全世界，拉上床帘，合上眼睛，睡觉！

睡着睡着，眼角却不争气地濡湿起来。

果然……不适合就是不适合——他的青春多绚烂，是烟花刚刚炸开的夺目，她却已经快从夜幕里消失了。

她竟然会对比自己小的男生产生非分之想……罢了罢了，总有办法忘记的，拿不起还放不下吗？

第二天，楼西西有个师兄过生日，邀请她去吃饭。

那位师兄和她同个导师，研二即将毕业，明里暗里表达了好几次追求之意。换在平时，她是绝对不会答应这个饭局的，但此刻她心情很差，舍友劝她多看看别的异性生物，她一赌气就同意了。

席间她喝了两杯啤酒，吃完饭又稀里糊涂被隔壁组的师姐拉去唱K，包间里有人叫了试管鸡尾酒，颜色靓，入口甜，她一不小心就喝多了。

众人都有意撮合她和师兄，纷纷避开。师兄端了杯酒蹭到她身边，开口："西西，我……"

话还没说完，包厢的门就被大力撞开了，一个高大的身影堵在门口，背着光看不清脸，就看到左耳上亮闪闪的耳骨钉。

"楼西西，你给我出来！"

众人皆惊："你是谁呀？"

楼西西还留着三分清醒，指着那人嚷道："那是我弟弟！"

话音刚落，就被人扣住手腕，连拖带拽地拉出了包厢。

几分钟之后，她被梁野按在一个空包厢的墙壁上，近在咫尺的漂亮脸蛋上挂着极其不爽的表情。

"你刚才叫谁弟弟呢？"

"你呀……"

"你把我当弟弟？"梁野难得的一本正经，"你认真的？"

"不然呢？"楼西西嘀咕，在他胸口用力戳，"你想我把你当什么？难道也要我穿上古装当着那么多人的面和你表白不成？我告诉你，你休想！"说着说着，眼泪就下来了，"小浑蛋你就是来克我的！我警告你以后离我远一点，否则……"

话没说完，他突然低下头，吻住了她。

尖尖的犬牙磨着她的下嘴唇，她听到他用喑哑的气声问："否则怎么样？"

她脑袋里"嗡"的一声，酒非但没醒，好像醉得更厉害了。

一把拽住他的领子，她反手就亲了回去，换来铺天盖地的回应。

也不知道辗转厮磨了多久，她的嘴唇都麻了才被放过，就听到他在耳边喘着气低语：

"我拒绝当弟弟，男朋友倒是可以考虑一下。要不然……你试试看？"

七、主角是我和太伤身体

西楼的抄袭风波没有持续很久，就以对方道歉删博了结。

原因除了她有理有据的小论文，还有著名古风歌手良夜大大的证词。

他也没说什么，就发了条微博，说了句"主角是我，不存在抄袭"，完了艾特了西楼。

大鱼正版

这条微博底下一群粉丝花式表演脱粉现场，楼西西看得心有余悸，披了马甲正要替良夜辩解几句，就被正主圈进怀里，毛茸茸的脑袋蹭着她的脖子，含混不清地哼哼：“别看那些了，伤身体。看看我啊姐姐……”

她成功地缴械投降，不得不说他真的很会，太会了。整天看着他才伤身体……

后来才知道，梁野花了好几晚的时间，从色彩图谱、明暗、构图、透视……各个专业角度严谨论证了抄袭不成立，然后私信发给了那位碰瓷的画手大大。

画手大大理亏，又怕他把这些证据公布出来影响自己的名誉，这才答应删博道歉。

楼西西十分感动，梁野却泼她凉水：“她的水平也就跟你差不多吧，你们两个属于菜鸡互啄，没劲。”

“……”

揍你喔！

八、来来往往的人生和他们

榴花初开的季节，楼西西终于本科毕业了。

在东大著名的钢顶大礼堂前，和标志性的大火锅喷泉合完影，一回头，她就看到站在中央大道梧桐树下的人。

仿佛就是初见时的样子，涂鸦 T 恤，破洞牛仔裤，经典款 AJ，双手插在裤兜里，头发颜色瞩目。

见她转头，他便朝她伸出了手，同伴善意的笑声响起，她拎起学士服宽大的下摆飞奔了过去。

此刻，当下，心满意足，心花怒放。

梁野又带楼西西去了夫子庙，说是去还愿。

“还什么愿？”

“上次写生实习之前我就想，等姐姐成了我的女朋友，我就再回来。”

小浑蛋那么早就惦记她了？

那天细雨蒙蒙，秦淮河上烟笼雾绕，是真正的“秦淮烟雨”，他借了街角一位流浪歌手的话筒，将整首《秦淮烟雨》完完整整地唱了一遍给她听。

没有舞台的灯光，没有粉丝的欢呼，只有安静的雨声，只有她。

他牵了她的手，从烟雨朦胧的秦淮一直走到梧桐茂盛的成贤街。

千年金陵，百年学府，来来往往的人生，里面也有他们。

未来很长，请多指教。

I hope you're fine, The future is warm.

关于《秦淮烟雨少年事》的小采访

Q 采访人：蛋壳

A 被采访人：苏非影

/ 作者简介 /

苏非影，姑苏人氏，看着金庸和古龙的书长大，爱讲故事爱做梦的双鱼座。毕业于东南大学土木工程系，埋头搬砖工科生，披着理工科的皮，藏一颗细腻温婉的心。梦想营造一个属于自己的温柔江湖，隐于心间，琴剑相随，纵马天涯。

已出版作品：《逐雪令 1、2》《予我满心欢喜》《闲花弄影》《两世花开香满袖》《美人无间》

蛋壳：在你心中，东南大学是一所什么样的大学？

苏非影： 在我心里，东南大学和南京城很相似——古老，

◎ 东大本部四牌楼校区大门

内蕴丰厚，学识渊博却不张扬。如同一个从岁月深处从容走来的美人，既可以跟上高速发展的时代步伐，不断创新，也能够保持浓厚严谨的学术氛围。不论是浓荫密布的校园，还是弥散其间的东大学风，骨子里都有一种历经百年沉淀下来的优雅范儿。

蛋壳：当初为什么会选择报考东南大学？有什么报考上有趣的事或曲折的经历吗？

苏非影：能考上东大其实还挺意外的……我高考那年是先填志愿再考试，估完分我都准备收拾收拾去第二志愿填的本地大学报到了，结果居然收到了东大的录取通知书，直接兴奋得原地尖叫。

蛋壳：跟其他大学相比，东大有什么特别的地方吗？

苏非影：可能因为是工科为主的学校吧，行走在校园里明显感觉男生数量多于女生。尤其是我所在的5系土木学院，我上学那会儿，全院三百多个学生，只有三十几个女生，还是加上了女生较多的工程管理系。如果不算管理系女生，只算土木工程系的话，两百多学生里女生比例不到10%，有的

◎ 东大最著名的大礼堂和涌泉池至今有 90 年历史了，很多影视剧场景在此拍摄，比如影版的《致青春》

◎ 东大建筑系所在的中大院，也是《秦淮烟雨少年事》中男女主初次见面的地方

一个班只有三个女孩子……简直就是稀有动物（不过仔细回想，似乎也并没有因此得到过特别优待哈哈哈……）。

（本书编辑：我以前的梦想就是上一所这样僧多粥少的大学，无奈分数限制了我的发挥嘤嘤嘤！）

蛋壳：可以推荐一下东大的热门专门吗？

苏非影：我本人是土木工程专业的。东南大学的前身是著名的国立中央大学，后改名为南京工学院，以理工科为主，最有名的专业就是建筑、土木和交通，所以要推荐的话，会推荐建筑专业和土木工程专业，此外信息工程和电子工程也很不错喔。

蛋壳：从小到大都是学霸吗？有过学习上的压力吗？

苏非影：学霸算不上，高中里比我学得好的同学有很多……压力肯定是有的，不过要出成绩的话，没有压力也不行啊。那个时候没有现在这么丰富的电子产品，爸妈也不让我看电视，所以我缓解压力的方法就是看小说和写小说。高中三年，在笔记本上用手写连载过武侠小说，班上很多人都传阅过（所以我为什么会选了理科……）。

蛋壳：对于《秦淮烟雨少年事》有哪些创作花絮或者创作背景吗？

苏非影：我很喜欢南京，也一直希望有机会描摹一个记忆中的“虎踞龙盘”“桨声灯影”的六朝古都，还有在这个宜古宜今的城市里发生的心动故事。《秦淮烟雨少年事》里的很多元素，其实和我念大学的时候很不一样，会更加贴近当代大学生的爱好和生活。不过元素虽然是新的，情感的内核还是一样的，特别的时间，特别的人，特别的遇见，不论发生在哪个时间里都很美好。

我的学生时代并没有遇到过如此张扬的少年，这是我深藏已久的梦。所以，写下这个故事也算是圆了我的一个梦吧。

蛋壳：可以分享一个真正实用的学习小技巧吗？

苏非影：根据学习内容，按照时间列好详细的计划表，并严格执行。

蛋壳：给想要报考东大的学生一个实用的建议吧。

苏非影：建议只有一个，就是……好好学习天天向上！分数是最公平也最直观的评判标准，分数高就可以挑选喜欢的学校和专业。如果成绩不理想，选择范围就会小很多，甚至就此和心仪的学校擦肩而过。为了将来不留遗憾，一定要趁着还可以努力的时候让自己更努力一些。

◎东大图书馆，也是很多影视剧的拍摄场景，比如前两年很火的《人民的名义》

© 东大九龙湖校区

挑选专业的话，建议选择之前先去了解一些报考专业的课程内容和将来就业的方向。比如我，当初并没有对土木工程做过全面的了解，还以为和建筑学差不多，但其实差好多……现在还记得专业课三大力学学到吐（惨痛的回忆）。

东南大学

Southeast University

东南大学（Southeast University），简称“东大”，本部位于南京，是中华人民共和国教育部直属的全国重点大学，位列国家“双一流”A 类、“985 工程”“211 工程”重点建设高校。

学校肇始于 1902 年创建的三江师范学堂。

东大标识徽主体部分延续了中央大学时期校徽的倒三角图形。倒三角形内部为东大的标志性建筑四牌楼校区大礼堂。内部等腰三角形的下面一角冲破内圆，含“遵守规则又敢于创新”之深意。内圈的三角形和外圈的圆形分别代表东南大学的历史与现实、旧我与新我。

东南大学 校训

——止于至善

/ 对你有一点儿动心 /

DUINIYOUYIDIANER

DONGXIN

文 / 淑汀

一、拦截失败，学长冲你而去了！

陈蔷神色整肃地坐在实验室前严阵以待。

闺蜜苏悠悠正在以每五秒一条微信的速度向她实时播报路明的动态：

“路学长挂你电话之后脸色如常。”

“路学长进细胞实验室了。”

“路学长从细胞实验室出来啦，脸色阴沉。”

“路学长气势汹汹地问你在哪儿！”

“大家试图把路学长拦下来！”

“拦截失败，学长冲你而去了！姐妹珍重！活下去！”

苏悠悠的消息戛然而止，陈蔷心里又是郁闷又是崩溃，真是冤孽，怎么就又栽到路明手里了？

半小时前，她刚做了一件轰动实验室的大事。她在细胞实验室的超净操作台点燃酒精喷灯时忘记检查里面剩余的酒精量，打火机点燃的那一刻，已经空掉的酒精灯灯芯一飞冲天，引燃了上面的石棉网，火苗蔓延，把整个超净台都烧掉了。

路明恰好就是负责维护细胞实验室的人。

说起来，她跟路明真的是八字不合。她大二刚进实验室的时候什么都不懂，导师就让路明带着她学习实验操作。可能路明和她天生犯冲，每次他指导她做实验，她总要出点幺蛾子——

第一次他教她合成材料，她手一哆嗦，整个试剂瓶摔在地上，一整批原材料全部阵亡。第二次他教她养细胞，她忘记及时换枪头，把一整盘的癌细胞都污染了。第三次最严重，她纯化材料的时候步骤顺序错了，好几万的纯化柱毁在她一念之间。

事不过三，从那以后，路明再也没有带她做过实验，每次看到她时总是瞳孔收紧，别提那个恨意了。

说来也怪，自从脱离路明之后，她做实验一帆风顺，再没出过什么大的岔子。万万没想到，这辈子还有这样的机会犯到他手里！

正神游，实验室的门突然被打开。陈蔷条件反射般从座位上弹身而起，飞快后退一步。

来人果然是路明，他面无表情地盯着陈蔷，眼神晦暗不明。

陈蔷的眼皮狠狠跳了一下，她撑着身后的办公桌，磕磕巴巴道："学长你……你别乱来哦！"

路明眉头一挑，双手插兜向她走过来。

It should be a future

他似乎就是有那样的气场，即使一句话也不说，都能轻而易举让陈蔷败下阵来。

陈蔷闭上眼睛，鼓起勇气一股脑道："学长，这个也不能全怪我，谁能料到那个酒精灯它没酒精呢，今天虽然是我点的打火机，但就算是咱学院院长来点这个打火机，超净台照样也得烧不是？"

许久，对方都没回应，陈蔷小心翼翼睁开一只眼睛观察路明的动态。他将她的样子尽收眼底，突然嗤笑一声："你还真是人如其名。"

陈蔷不解："啊？"

路明眼尾一挑："你不能因为你叫陈蔷，脸皮就跟城墙一样厚吧？"

二、多做实验，熟能生巧

凌晨十二点半，陈蔷郁闷地咬着笔杆，思索检讨书的措辞。她一边想一边在心里吐槽，该死的路明，写检讨就写检讨，还非要手写，还要三千字，这个魔鬼！

她恨恨落笔：我是陈蔷。今天，因为我运气极差地在错误的时间错误地点燃了一个打火机，犯下了不可饶恕的错误，为此我感到痛心疾首难以自持……

正写着，手机突然振了一下。她捞起手机，以为是无关紧要的群消息，没想到消息居然来自“魔鬼路明”——路明的新备注！

魔鬼路明：“检讨写完了？”

陈蔷咬咬牙：“正在写。”

魔鬼路明：“很好。”

陈蔷翻了一个白眼，刚要把手机扔桌上，它又振了一下，还是路明发的，消息是一张图片。她随手点开，图片加载出来的那一瞬间，她立刻惊呆了——里面的内容居然是当下很火的剧情类换装游戏“闪耀暖暖”。

她一头雾水，不知道什么情况。很快，她就发现那条消息被撤回了。她思来想去，终于想明白了，哦，原来，魔鬼学长在玩闪耀暖暖！

她嘴角勾起一个邪恶的弧度，手指动了动："哦哟，有些人表面上是德智体美劳全面发展的天才学长，背地里却在偷偷玩换装游戏！"

她心里暗爽，这回总算抓到了路明的小辫子。

等了好几分钟，那边都没有回复。她有些扫兴，想着明天一定要当面侮辱他，以解"城墙"之恨，正想着，手机又振动了，她飞快点开。魔鬼路明："哟呵，有些人表面上是头脑简单四肢发达的笨蛋学妹，背地里……"

他话没说完，陈蔷心头一跳，难道她有什么把柄在他手里？她思索再三，最终断定，路明一定是在虚张声势。

她定了定神："背地里怎样，我做事光明正大，有什么见不得人！"

魔鬼路明很快回复："背地里却是草莓派小甜心。"

看到那六个字，陈蔷只觉得两眼发花。路明是怎么知道这个昵称的？那明明是她的网恋男友给她的专属昵称！

谈网恋也不是什么光彩的事，她一直小心翼翼，连闺蜜苏悠悠都没告诉，现在居然被路明发现了！

她思前想后，一定是他偷看她和千岛聊天。她咬咬牙，恨恨地敲字："路明你这个变态！居然偷窥别人聊天！"

魔鬼路明："哦，不知道是谁开组会的时候抱着手机傻笑，我以为你想让全世界都看到。"

陈蔷气得猛捶一下桌子，论斗嘴，她果然永远都不是路明的对手。她忍辱负重："说，你想怎样！"

魔鬼路明："下周我要出差一星期，不如学妹就帮我做一下细胞成像吧。"

陈蔷瞪大眼睛："你说那个流程超级烦琐的要耗费两天两夜的细胞成像？"

魔鬼路明："学妹就是聪慧。"

陈蔷咬碎一口银牙，她恨恨地戳手机屏幕："我操作这么粗糙，学长就不怕我实验做劈叉了？"

魔鬼路明："唉，对待亲爱的小学妹我又能怎样呢，还不是只能让她多做做实验熟能生巧。”

陈蔷一口气憋在气管里，肺都要气炸，这个魔鬼，一定是早就想好了要算计她！

三、魔鬼陆明怎么什么时候都能钻进她脑子里

第二周，路明果然优哉游哉地出差了，留下一堆还没有处理的实验原材料给陈蔷。陈蔷拖到他回来的前两天才开始准备细胞成像，灰头土脸埋在昏暗的成像室两天两夜，总算最后拍出的图像质量还不错，可以勉强交差。

此时，她正匆匆脱掉实验服，在卫生间仓促地洗漱和整理头发。就因为那个该死的细胞成像，她险些忘了今天约了千岛见面。她和千岛是三个月前在一款手游上认识的，千岛在游戏里对她很照顾，于是两个人交换了微信，很凑巧地发现居然在同一个城市，两人情愫暗生，顺理成章发展成网恋，今天是第一次线下见面。

她本来可以化个美美的妆更体面优雅一些的，现在却

It should be a future

连换个衣服的时间都不够。

想到这里，陈蔷对路明的怨念更深，这个事儿精！

不过也还好，经过三个月的朝夕相伴——虽然是在游戏里——她感觉千岛应该不是那种注重外表的人。

约定的地点在春熙路的一家西餐厅，陈蔷到的时候已经晚上八点了，距离约定的时间晚了半小时。她急匆匆走进去，一眼就看到坐在窗边正抬腕看表的千岛——她在朋友圈看到过他的照片，长相干净清朗，用当下流行的话来讲，就是那种初恋脸，比起路明那卦冷漠臭屁的长相来可是顺眼多了。

她一边朝千岛走过去，一边在心里腹诽，魔鬼路明阴魂不散，怎么什么时候都能钻她脑子里。

“你好，我是陈蔷。”她在桌边停下，笑着跟千岛打招呼。

对方抬起头来，看到她时眼里闪过一瞬的错愕，不过很快掩去，嘴角牵起得体的微笑：“你好，我是千岛。”

他起身，极其绅士地帮陈蔷把椅子拉开，等她坐下后才回到自己的座位。这个小动作让陈蔷对他更有好感，她轻轻咳了一声：“不好意思，实验刚结束，来得有些晚了。”

千岛将菜单递到她手里，浅浅道：“没事，只是你和我想象中有些不一样。”

陈蔷疑惑：“哪里不一样？”

千岛犹豫片刻，还是实话实说：“我之前看到你朋友圈的照片，好像和本人不太一样。”

陈蔷有一瞬的茫然，不过很快反应过来，她有些尴尬：“可能连续做了两天实验，今天有些憔悴吧，不好意思。”

话音刚落，隔壁桌突然传来一阵突兀的嗤笑声，陈蔷和千岛同时扭头看过去。千岛眼里带着不解，陈蔷则是立刻瞪大眼睛，苍天哪，隔壁桌那个优雅捏着汤匙的表情很欠的男生，不正是路明？

四、What's your problem?

看到路明，陈蔷心里立刻蹿起一股小火苗，吃饭也吃得漫不经心，自然没注意到对面的千岛早就兴味索然。

她吃到一半，路明起身去洗手间，她立刻借口要上洗手间飞快跟上去，在男厕所门口一把将他拦下来。

路明眼皮跳了跳，不满地看着她："有事？"

陈蔷气势汹汹："你怎么在这儿？"

路明眼里带着戏谑，双手抱胸，懒懒道："怎么，就许学妹来这里见朋友，我就不行？"

陈蔷咬咬牙："这个城市这么大，怎么就这么巧，我在哪儿你就在哪儿？"

路明脸不红心不跳地道："谁说不是，没准这就是缘分。"

陈蔷气笑了："难道学长暗恋我？"

路明表情突然认真起来，眼神渐渐含情脉脉。

陈蔷心道不会吧，难道路明真的暗恋她，平时挤对她只是为了引起她的注意？

电光石火间，她脑海里闪过无数念头，正脸红心跳，突然一阵嗤笑从对面传来。她蒙蒙地看着路明，路明已经恢复了欠扁的表情："学妹呀，如果现在的你头发没有这么油腻，脸色没有这么憔悴，眼袋和黑眼圈没有这么重，变成和朋友圈照片一模一样的话，没准我会考虑。"

陈蔷把他的话在脑子里转了好几转，终于听出他是在拿刚刚千岛的话来嘲笑她。她怒火攻心，要不是因为他那个该死的实验，她现在会是这个被嫌弃的鬼样子?

不知道哪里来的勇气，她一拳捶向路明那张欠扁的脸，力气大到打完之后她都觉得自己关节发痛。

路明痛呼一声，他捂着被打的那边脸，又是惊悚又是愤怒地看向陈蔷，失语半晌终于吐出一句彦宏体："What's your problem?"

陈蔷和千岛的线下见面最终以失败告终，她从洗手间回去的时候，千岛已经结账离开了。他给她留了条微信消息："我还有事，先走了，下次有空再约。"

陈蔷伤感地看着那条消息，她当然知道，不会有下次了。

她恨恨地看着餐厅门口的方向。路明刚刚送走他的朋友，从这个角度看，他的侧脸还有刚刚留下的红肿。她心里暗爽，谁让他搞砸了自己的约会！

她拎起包昂首阔步向外走，本来想直接忽略路明，没想到他却伸手把她拦下来。

陈蔷后退一步，下意识地护住自己的脸："大庭广众，你还想公然报复？"

路明没好气道："回去顺路，一起打车呗。"

陈蔷盯着他看了好久，想看穿他是不是又有什么阴谋诡计。路明无奈："大姐，别看了，我对你没什么企图，刚下飞机就赶这儿吃饭，累得很，刚我嘴欠，你也给我一拳打回来了，一笔勾销，OK？"

他都这么说了，陈蔷也不能得理不饶人，于是她很大度地和他上了同一辆车。

路明躺在靠背上闭目养神，陈蔷则怔怔看着窗外绚烂的霓虹灯，不由自主地想起她和千岛无疾而终的爱情。想着想着，她突然感觉脸颊一片濡湿。她赶紧抬起手抹眼泪，心想千万别被路明看到，但有时候就是天不遂人愿，她刚抬起手背，路明正好睁开眼睛，把她的窘态尽收眼底。

她强装淡定：“你……别乱想哦，我眼睛进沙子了。”

看着她通红的眼眶，路明嘴唇动了动，刻薄的话终究还是没有说出来。他轻声道：“哎，不就失个恋嘛，还是个网恋，那哥们儿显然是看你长得好才跟你在一起的，这样的爱情没了就没了呗，以后有更好的。”

陈蔷看他一眼，难过的情绪终于压抑不住爆发了。她旁若无人地大哭起来，一边抹鼻涕眼泪，一边断断续续道：“可是……他……是我的初恋哎，怎么会……怎么会变成……这样……”

路明最怕女孩子哭了，这场面他也不知道怎么办，想了想，只能硬着头皮道：“说真的，其实你挺好看的，是他没眼光，别哭了。”

陈蔷闻声奇迹般地停止了号啕大哭，她抬起湿漉漉的眸子看着路明，瓮声瓮气地问："真的？"

路明看着她情绪略有平静，松一口气："嗯，真的。"

陈蔷立刻不哭了，她抹抹眼泪："没想到你还有点眼光。"她声音还有些沙哑，但听这话应该是恢复了点信心。

路明翻个白眼，暗暗腹诽女生的情绪变得真是比天气还快。他皮笑肉不笑："确实，我眼光比学妹要好一点儿。"

五、那能怎么办，我继续教你呗

自从那晚被路明撞到她人生中不算最狼狈但也比较狼狈的瞬间后，陈蔷见到路明就很难再有厌烦感了，路明好像也差不多，毕竟并不常有女生在他面前号啕大哭。取而代之的是两个人之间弥漫着的淡淡的尴尬。

这种尴尬终于在新一周的组会后被打破。陈蔷在组会上展示了她帮路明做的细胞成像，课题组导师都觉得很满意，于是立刻给他们俩安排了一个合作课题。

回实验室的路上，陈蔷多次看着路明欲言又止，路明无奈，只得停下来：“陈蔷同学，有什么问题，请直说，我被你盯得毛骨悚然。”

陈蔷忽略掉他夸张的用词，思索再三道：“那个……其实你要是不想跟我合作的话我可以去跟导师讲的。”

路明挑眉：“我为什么不想跟你合作？”

陈蔷用脚尖碾落在地上的银杏叶，小声道：“我不是手残吗，以前我跟着你做实验每次都做不好。”

她低着头等着路明的嘲讽，秋风轻轻吹过，又有几片银杏叶落下来。她后知后觉地意识到，蓉城的夏天不知道什么时候已经悄悄溜走了，这座百年学府又到金秋时节了，银杏大道的银杏叶铺满整条街，黄灿灿的，让人莫名心悸。

半晌，他平淡的声音传来：“那能怎么办，我继续教你呗。”

陈蔷惊讶地张大嘴巴，抬起头时，他已经转身先走了。

她咬咬唇，忽地想起她第一次跟他做实验时，小心翼翼地问：“学长，这个仪器我不会用，怎么办？”

当时的他就是这样，面无表情，语气淡淡：“还能怎么办，我教你呗。”

她以为过了这么久，那些小事她早不记得了，但突然听到这句似曾相识的话，她却莫名鼻酸，往事潮水一般涌来——

她第一次见路明就知道他不太好相处，他眉眼间带着毫不掩饰的狷狂和高傲，笑的时候慵懒又随意，并不是多温暖的男孩。但做实验的他又那么认真和专注，即使是教她做一个最简单的实验，都不厌其烦地把每一个细节讲得清清楚楚。

她至今都记得，她第一次合成材料时不小心把炭黑沾到脸上，路明极轻地笑了下，落在她眼里，她手掌下意识一松，整瓶材料就不小心摔掉了。她第一次养细胞时，实验服的袖子太靠上，路明顺手帮她拉下去，手指无意间碰到她的手臂，她的心突然就乱了，以至于忘记换枪头，污染了细胞。她第一次纯化材料时，路明从她身边走过，他身上淡淡的柠檬味残留在空气里，盈满她的鼻息，她大脑不知怎么就短路了一瞬，手指按照惯性点了一下控制仪器的按钮，导致操作失误，仪器损坏。

后来她才意识到，那些她实验失败的瞬间，其实都是她对路明心动的瞬间。可惜，路明嫌她实验能力太差，后来就不肯带她了，她只好把所有的心思都封存起来，然后慢慢遗忘掉。

她以为那些尘封的小心思早就随着时间的流逝消失了，没想到会被路明轻描淡写的一句话轻而易举勾起来。

她撇撇嘴，强行把纷乱的念头移出脑海。

她在心底对自己说：陈蔷，清醒一点儿，他不可能喜欢你的。还是努力做实验吧，这次必须让他刮目相看！

六、她是我亲爱的小学妹啊

陈蔷和路明合作的课题进展很顺利，他们并不常在一起做实验，基本都是各自完成自己的那部分，然后数据放到一起汇总。但最近有一个需要陈蔷完成的分子合成实验，她对实验过程不是很熟悉，所以约了路明下午三点去教她。

她两点半就到实验室了，进门的时候正好看到沈玉学姐从试剂柜里拿走了一瓶培养基，瓶盖上画了一个太阳和一个月亮，她一眼就认出那是路明的。

她下意识地拦下沈玉："学姐，这个你不能带走，这是路明学长的。"

沈玉有些诧异："大家都是同门，一瓶培养基我还不能用一下了？"

陈蔷耐心地解释："每个人的培养基里成分都不一样，万一这个培养基不适合你的细胞，会把细胞养死的。而且，随便拿别人的东西也不太好吧。"

沈玉一看自己居然被一个小学妹说教，面子上有些挂不住，于是反唇相讥："不是，你是路明学长什么人哪，我用他的培养基跟你有什么关系？"

陈蔷哑口无言，对哦，她一个外人，干吗管学长的闲事？

正尴尬，突然一道清冷的声音传来："她是我亲爱的小学妹呀，当然跟她有关系。"

陈蔷抬头，路明双手插兜走来。他饶有意味地看她一眼，目光很快转到那个学姐身上，眼底带着淡漠："我说怎么我的培养基老是不够用，原来是沈学妹在跟我一起用。"

沈玉脸一阵青一阵白，最后讪讪放下培养基出去了。

路明转身看陈蔷，她被看得有些不好意思，弱弱道："那个……我就是随口一说，以后不多管闲事了。"

路明奇怪地打量她，许久，他说了句驴唇不对马嘴的话："学妹还是张牙舞爪的时候更真实，这种乖乖的形象不太适合你。"说完，他嘴角一勾，"在这儿等我，我去换实验服。"

陈蔷愣愣地看着他，还在消化他话里的意思，走到门口的路明突然又转身道："对了，为了感谢你今天英勇捍卫我的培养基，以后我试剂柜里的东西，你随便用。"说完，他便潇洒转身离开了。

陈蔷愣了两秒钟，突然傻傻笑了，嘿，几秒钟之前，他说她是他的什么来着？好像是亲爱的小学妹？

真是个可爱的称呼，比草莓派小甜心要可爱多了！

七、没想到你这么直接而无畏

可能真的是因为陈蔷捍卫了路明的培养基，路明教她做实验的时候更上心了。这次陈蔷每做一步实验都谨慎再谨慎，再也没出什么大的纰漏，一切都十分顺利。

11月中旬，课题组要开教学研讨会。陈蔷做完实验时有些晚了，报告厅已经座无虚席。她眼尖地看到路明正一个人坐在最后一排，他旁边正好还有一个椅子。她猫着腰蹿过去在他身边坐下，路明抬头看了一眼，然后又波澜不惊地低下头继续看手机。

陈蔷有些好奇他在看什么，伸长脖子探过去，原来他是在玩闪耀暖暖。里边有个答题界面，他正在答脑筋急转弯。

陈蔷心里吐槽原来学神学长也会在开会时开小差，正好看到屏幕上弹出一道题：假如有一辆车，司机是小明，副驾驶是小强，请问这辆车的车主是谁？

陈蔷暗笑真是好脑残的问题，却看到路明很认真地想了想，然后在答题框里输入了“小明”。

她热心肠作祟，小声提醒：“不是小明，是假如啦！”

路明却没听到，他手指悬在发送键上，马上就要点上去了。陈蔷一心急，抬手想拉开他的手，却没想到她坐的椅子是个残次品，缺一只腿儿，她这么一动，椅子瞬间重心不稳朝路明的方向倒下去，连带着她整个人都扑过去。路明坐的是不带靠背的凳子，陈蔷全身的重量压在他身上造成连锁反应，他也跟着从同侧栽下去。那一瞬间，他听到陈蔷高分贝的惊呼声，他绝望地闭上眼睛，心想，完了。

报告厅所有人都齐刷刷回头，目光聚焦在缠在一起的两个人身上。

陈蔷还没意识要情况的严重性，她吃痛地揉自己的手腕子，突然对上路明复杂的眼神。

她大窘，一脸无辜地问："学长，你没事吧？"

路明咬咬牙，压低声音："霸王硬上弓？"

陈蔷刚要解释，头顶突然传来惊怒的声音："你们两个，还不起来？跟我来一下！"是他们的导师。

陈蔷嗖地从地上爬起来，这才发现他们俩成了全场的焦点。她又羞又窘赶紧抬手把脸遮起来，在众目睽睽下紧随导师蹿出报告厅。

路明闷闷跟在后面，这叫什么事，飞来横祸？

一连好几天，陈蔷都活在报告厅事件的阴影里。那天从导师那里回去后，苏悠悠一脸崇拜地看着她："蔷蔷啊，我以前只知道你比较大大咧咧，没想到你面对爱情居然这么的直接而无畏！"

陈蔷一脸黑线："误会！都是误会！"

苏悠悠摆摆手："哎呀，你就不要遮遮掩掩啦，研究所八卦社头条新闻都出来了：勇敢学妹为爱冲锋，高冷学长终被放倒。没想到哇，路明学长是何许人，你都敢上去就给他扑倒，真是不得了呀。”

陈蔷颓败地趴在桌上，其实本来她是可以解释的，但自从路明一拨神操作后，她就怎么都说不清了。

八、那……假如，我真的想和你谈恋爱

事情是这样的——

那天导师把他们叫进办公室，一拍桌子：“你说说你们，怎么回事，谈恋爱也不看看场合，那么多领导老师都在，搂搂抱抱，像什么样子！”

陈蔷心头一慌，怎么答个脑筋急转弯还上升到谈恋爱的高度了？

她连连摆手：“不是的，老师，其实事实是……”

还没说完，路明便把她打断了：“老师，是我们的错，以后谈恋爱一定注意影响，绝不在公共场合做过分的事情。”

陈蔷瞪大眼睛，难以置信地看着他，这是个什么情况？她还云里雾里没搞清状况便被路明拉出办公室了。

走到江安河边时，她终于反应过来，一把甩开路明的手："学长，我刚刚不是跟你讲了，我只是想告诉你你那个脑筋急转弯答错了，谁知道它椅子不稳！哪里就谈恋爱了？"

路明摊手："难道我要让你告诉导师我在玩闪耀暖暖？"

陈蔷气结："难道为了不让大家知道你在玩闪耀暖暖你就可以告诉大家我们在谈恋爱了吗！"她觉得不解气，又补了个刀，"而且你玩那么久的闪耀暖暖，还连暖暖的脑筋急转弯都答不对！"

路明眼珠子转了转，话锋突转："那你说那个脑筋急转弯答案到底是什么？"

陈蔷脱口而出："当然是'假如'了！'假如'有一辆车，车主就是'假如'哇！"

路明摸摸鼻子，嗓子里压着笑意："哦，原来是'假如'哇。"

陈蔷反应过来他在转移话题，不满地瞪着他："我们现在在谈恋爱的问题，谁要和你说脑筋急转弯！”

路明清了清嗓子，神色终于严肃了一些：“好。那……假如，我真的想和你谈恋爱，你会愿意吗？”

这段话正好被路过的生科院八卦社成员听到，于是，陈蔷还没来得及回答路明的问题，他们俩的恋情就已经被动“实锤”了。

路明的话在陈蔷脑子里盘旋许久，在躲避他的第九天，陈蔷终于忍不住，在教学楼门口将他拦下来。两人对视片刻，路明少见地先沉不住气，他无奈笑道：“那天我有些唐突，如果我的话给你造成困扰，说过的话我收回。”

陈蔷瞪大眼睛：“困扰都造成了，怎么能说收回就收回！”

路明真诚地看着她：“那你说，该怎么办？”

陈蔷想了想，问了一个很有深度的问题：“假如，我是说假如啊，假如你真的想跟我谈恋爱，那是因为什么？”

路明听着她强调了三遍假如，眼尾忍不住带了笑意：

“想知道？”

陈蔷点头。

路明思索片刻：“好，那你跟我来。”

九、原来，他一直都看在眼里

陈蔷以为他会带她去什么浪漫的地方，没想到他带她去了实验室。他先走到细胞实验室门口，那是他第一次带她做实验的地方。

他指指最里边靠窗的一个超净操作台，声音里带着一丝少有的温柔：“我第一次带你养细胞的时候你把细胞污染了，你还记得吧？当时我觉得你不够认真，但后来我发现，那之后的每天晚上，你都一个人坐在那里练习操作练习到很晚。后来我不带你了，从别人那里听说，整个细胞房里你的细胞是养得最好的。”

陈蔷眼神有些迷离，路明带着她继续往前走，在另一个实验室门口停下来：“还有这里，这个仪器的操作特别烦琐，只有操作过十几次以上的人才能准确地记住每个步骤，但是你只用了两天的时间就完全掌握了。当时我觉得很神奇，直到有个周末无意间看到你自己一个人在对着仪器背诵操作手册，才知道你其实在我看不到的地方默默付出了很多时间。”

他带着陈蔷走过一个接一个的实验室，如数家珍地将她在这些地方流过的汗水一一说明。曾经，她为了追上他的脚步付出了无数努力，她以为这些努力都是孤独的、无声的，原来，她所有的努力，他一直都看在眼里。

最后，路明转过身很认真地看着陈蔷，眼底似有星海：“陈蔷，这么长的时间里，我一步步看着你从一个实验室的新手到现在可以独立承担课题，看着你勤奋上进，坚韧，有思想，有责任心，虽然看起来大大咧咧，却有着女孩柔软而敏感的内心，有无数优秀的品质。我……情不自禁。”

陈蔷听得泪眼蒙眬，她从不知道，在他心里，她原来是这样好的一个女孩。她声音带着哽咽：“你明知道我很努力，为什么当时还嫌弃我，不肯再带我做实验了？”

路明有些诧异：“我从来没说过嫌弃你呀，当时我只是觉得你的实验技能已经十分成熟，可以独立开展课题了。”

陈蔷不依不饶：“你都情不自禁了，为什么平时还对我那么刻薄！”

路明有些不好意思：“可能这是性格使然，我也没有办法。不过……”

“不过什么？”

路明眼里带着无限真诚：“你只看到我对你刻薄，怎么就没看到，除了对你，我平时对别的女孩话都不多说一句？”

陈蔷眼珠子一转，仔细想想，好像确实是这样。在她的小姐妹眼中，路明的形象一直是冰山王子。她还一直奇怪，明明是腹黑嘴贱，怎么就冰山王子了，现在终于知道原因了。

她好不容易占据主动地位，于是得寸进尺：“之前在餐厅你还嘲笑我呢，说我头发油还有眼袋黑眼圈！”

路明脸一黑："当时我生气呀，你居然当着我的面和一个网恋男约会，最气的是这个网恋男还有眼无珠，害你难过。"

陈蔷心中一动，突然想起什么："这么说起来，其实那天你不是偶然才去的吧？"

路明歪头："你猜？"

陈蔷白他一眼，作势要走，他赶紧拉住她："好了，我坦白。那次我不是无意间看到你和他聊天嘛，当时你们正好在约见面的时间地点。我出差回来一下飞机立刻就约了朋友去那个餐厅，就怕你不长心，被人家给骗了。"

陈蔷心里感动极了，面上却仍然有点小别扭。她小声嘟囔："谁不长心了……"

路明看她这副扭捏的小表情，就知道她心里已经在反思了。他不再为难她，抬手揉了揉她的脑袋："说起闪耀暖暖，你之前是不是觉得这游戏特不符合我人设？"

陈蔷撇撇嘴："我可没觉得，没准学长就是那种表面正经背地闷骚的类型。”

路明被她气笑了，弯起食指刮了刮她小巧的鼻子：“你这张嘴，还是这么不饶人。”他看了看周围来往的人流，“走吧，找个安静的地方，给你看个东西。”

十、十分圆满

陈蔷一路跟着路明走到明远湖边。

路明在湖边的长椅上坐下来，拍了拍身边的位置，陈蔷有些别扭地走过去，在距离他两掌宽的位置坐下来：“那个……你要给我看什么？”

路明摸出手机，一边点开闪耀暖暖的界面，一边好笑道：“这么谨慎干什么，我还能吃了你。”

陈蔷撇撇嘴，正要挤对回去，路明突然把手机递到她跟前。屏幕上的“暖暖”穿着蓝紫色的连衣纱裙，裙摆上缀满银色的小星星，陈蔷看向“她”的时候，“她”俏皮地提起裙摆冲她眨了眨眼睛。陈蔷看着看着就觉出不对了，这形象她怎么看着熟悉得很？

半晌，她终于想起来了！

她惊诧地抬起头来，路明摸摸鼻子："认出来了？"

她点了几下头："我去年在迎新晚会客串主持人的时候穿的礼服和这个一模一样。"

路明轻咳一声："之前网页上弹出一个'闪耀暖暖'的广告弹窗，本来这类游戏不是我的类型，不过……这身装扮倒是格外别致。"

陈蔷在脑子里把事情捋了一遍，终于明白了，她目光灼灼地看向路明："所以，你是因为我才玩这个游戏的？"

她脑子里灵光一闪，思路好像突然清晰了。她眯起眼睛："原来学长一早就对我情有独钟了！"

路明没否认，只是淡淡吐槽："这游戏设计我早觉得很不合理，总是让我搭不同的衣服做任务，设计的人就没想过，万一我偏偏只中意其中一款，那该怎么办？"

红晕从陈蔷的脸颊一直蔓到耳根，她感觉全身的血液瞬间都沸腾起来了。

陈蔷心里现在真是千头万绪，一直暗恋的人突然说他也在暗恋你，这个时候她应该说什么，还是什么都不要说？她默默给自己打气，稳住，先稳住！敌不动我不动，不要乱了阵脚！

正想着，突然有一双手扶住她的肩膀，她下意识地抬头，对上路明深邃又认真的眼睛。他抿抿唇，轻声问："你问我为什么会想和你谈恋爱，你的问题我已经答完了，现在轮到你了。"

陈蔷装傻："轮到我什么？"

路明当然不会轻易放过她。他缓慢却坚定地重复了一遍他的问题："我真的想和你谈恋爱，你，愿意吗？"

这次，他去掉了那个"假如"。

陈蔷羞得说不出一个好字，路明却目光灼灼地看着她等她的回答。

在他期待的目光下，她终于点点头，声音细若蚊蚋地

“嗯”了一声。

她耳边响起一道低醇的轻笑声，下一刻，她便落入一个温暖的怀抱里。

路明揉揉她毛茸茸的脑袋：“哎，还有个事，我觉得我们有必要好好讨论一下。”

“什么事？”

“关于你的初恋……”

陈蔷秒懂：“明白了。”

路明笑：“明白什么了？”

宛若蜜糖划过心尖，陈蔷轻声道：“以后我会承认，我的初恋，是你，是路明。”

I hope you're fine, The future is warm.

关于《对你有一点儿动心》的小采访

Q 采访人：蛋壳

A 被采访人：淑汀

/ 作者简介 /

淑汀，毕业于四川大学，烂漫天真的射手座，喜欢写简单温暖的纯爱故事，把生活中的关于恋爱的小确幸写进书里去。

代表作：《你的眉眼真好看》《败给对你的心动》等。

蛋壳：可以介绍一下自己吗？

淑汀：我一直希望自己能做个温柔体贴、善解人意的大姐姐，但很多时候却还像个爱笑爱闹爱撒娇的小孩子。

有一点点小文艺，一点点小浪漫，最喜欢的事情就是到各地旅行，走过西双版纳的热带雨林，海螺沟的千里冰川；

看过九寨沟的五彩海子，佛国色达的万幢小红房子；品过大大小小的古城古镇，有如丽江般温婉柔魅，也有如西塘般安谧宁静；但最钟爱的地方还是拉萨，爱那里仿佛永远不落山的太阳和永远温暖的倾城日光。

此生想做个有温度的写手，把看过的风景都写进故事里，如果能给看故事的人带去一丝温暖和力量，即使微不足道，也足以让人慰藉啦。

© 2018 年摄于川大

◎ 2020 年在天鹅湖畔

蛋壳：在你心中，四川大学是一所什么样的大学？可以用自己的语言简单介绍一下你的母校吗？

淑汀：如果要概括的话，我要说这是一所很包容的大学，如同她的校训“海纳百川，有容乃大”，生活在其中，有一种可以切身感受到的自由。川大一共有三个校区，其中江安校区（新校区）和望江校区（老校区）是我生活过的校区。

从望江看，这是一所很有底蕴的大学，建校双甲子，百年古树和建筑的表面都依稀可见岁月斑驳的痕迹，但从江安看，这又是一所很浪漫的大学，刻着浪漫情诗的长桥、带有浓厚艺术气息的商业街、隐匿在小树林深处的白色别墅，每每想起，都让人有一种“青春该是这样，人间值得”的感觉。

蛋壳：《对你有一点儿动心》中涉及了很多做实验的情节，是跟你真实生活相关的吗？

淑汀：是的，涉及的每一个实验都是我做过的实验，但不是在四川大学做的啦（笑哭）。

（PS：文中做实验的部分是我研究生时修读的化学专业）

蛋壳：当年报考川大是因为美食吗？

淑汀：有很大一部分原因！四川的小吃称得上全国闻名了，大辣、大油、色香味俱全，经常看各种公众号推文上 po 的美食照片都会流口水。还有一部分原因是四川的地理位置我真的超爱，地处祖国的西南部，河山大好，风光独特，比如九寨沟、海螺沟冰川、色达五明佛学院这些，真的十分惊艳，而且从成都出发到云南、青海、西藏和新疆都十分方便，可以说喜欢旅行的朋友来这里真的是没错了！

◎ 华西校区的钟楼，古朴厚重）

◎ 夜晚的长桥，灯火缱绻

蛋壳：推荐一个川大必吃榜？

淑汀：当然是火锅！我是北方人嘛，去川大之后才知道南北的饮食风格真的超不一样的，在北方火锅蘸料大都是芝麻酱，到了成都才知道，他们吃火锅都是直接蘸香油，香油在我们那边是用来炒菜的，绝对没人会用香油来当火锅蘸料！一开始我是有些抵触的，但吃过一次以后，感觉打开了新世界的大门，每个味蕾都在跳舞！而且我还搭配出了我最喜欢的蘸料组合：几勺香油，一小勺耗油，一小勺海鲜酱，再来一丢丢小米辣，最后佐以蒜末，将烫好的牛肉放进去蘸一圈再送到嘴里，那感觉，就两个字：完美！

（看到此处的校对偷偷咽了一下口水）

蛋壳：川大有什么有特色的景点吗？

淑汀：江安的话会比较现代化——白石桥下的桥洞像一个树洞一样，墙面上有各色的涂鸦，很多人会在上面写自己的小心事；“不高山”则是属于情侣的，里面有一片小树林，很多情侣会在小树林里散步或者约会，小树林的中间是一棵很大很大的古树，上面绑满校友用来表示祈愿和祝福的红绸

◎秋日银杏大道的一角引得大家纷纷打卡

带；明远湖是一个小小的生态园，每年都住着优雅的黑天鹅和白天鹅。望江的话会比较厚重——主楼都是很有年代感的红色墙砖；在东门和北门口都有大片的荷塘，在夏日夕阳微醺的傍晚，会有人坐在荷塘边的白色长椅上，就着温和的风拉一曲悠扬的手风琴。

蛋壳：能分享一个关于川大的小传说吗？

淑汀：那一定要说江安的长桥传说啦。在贯穿校区的江安河上架着一座长达 418 米的长桥，桥上的瓷砖每隔一段就排列有一些杂乱无章的单词，据说这些单词组合起来就是爱尔兰诗人叶芝的名诗《当你老了》。相传设计者之所以这样设计，是为了纪念自己 80 年代就读川大时那段无疾而终的爱情，听起来很浪漫哈。

蛋壳：从小到大都是学霸吗？最喜欢的科目是？

淑汀：哈哈，从小到大都是超级学霸，最喜欢的科目是生物吧（本书编辑：我喜欢这样充满自信的作者哈哈哈！）。

蛋壳：能分享一下你最喜欢的科目的学习方法吗？

淑汀：高中的时候最喜欢生物，因为当时最爱做遗传题，大致就是根据亲本的基因型利用孟德尔定律计算子代各种基因型的概率，每次经过复杂的计算得到与正确答案一致的值就会有一种很大的成就感。说起学习方法，确实有一个小建议，那就是做复杂的计算时一定要保持草稿纸的整洁！很多人觉得草稿纸就可以随便涂涂画画，不需要像卷面那么整齐，但是如果打草稿的时候写得整齐一些，会很利于在打草稿的过程中整理思路，梳理出一条比较清晰的解题逻辑线，强烈建议！

蛋壳：给想要报考川大的学生一个实用的建议吧。

淑汀：我建议是在自己感兴趣的基础上报考一些往年录取分数线差异比较大的专业，因为收分最高和最低的专业分数差还是蛮大的，这样可以拉开梯度，提高录取率，然后就是报考之前可以咨询一下该专业的师兄师姐（一般论坛或者官博之类的地方会有那种帮助新生答疑的 QQ 群，报考之前可以加入咨询哦），了解一下专业课程，确定一下自己是不是真的感兴趣。还有，川大每年大二的时候会有一次转专业

◎左一：明远湖边自由自在又不怕生的鸭子

◎右一：江安河畔宁谧安静的小美好

◎左二：历经一百二十年风雨的古楼

◎右二：隐在小径深处的咖啡小馆

的机会，如果因为分数的原因暂时没有报考喜欢的专业，可以准备在大二进行转专业的申请，成功率也是蛮高的哦。

SICHUANDAXUE

四川大学

Sichuan University

四川大学（Sichuan University），简称“川大”，是教育部直属、中央直管副部级的全国重点大学；位列国家“211 工程”“985 工程”“世界一流大学建设高校”，是国家布局在中国西部重点建设的高水平研究型综合大学。

学校由原四川大学、原成都科学技术大学、原华西医科大学三所全国重点大学经过两次合并而成。

1840 年的鸦片战争使中国一步步沦为半封建半殖民地社会。晚清洋务运动的改良派以“中学为体，西学为用”作指导思想，“师夷之长技以制夷”作方针，掀起了近、现代化的浪潮。1896 年四川总督鹿传霖创办四川中西学堂，倡导学习“西文西艺”，“分课华文、西文、算学”，成为四川古代和近代高等教育的结合点。6 月 18 日，四川中西学堂正式开学。

It should be a future

四川大学 校训

——海纳百川，有容乃大

/洛珈山的风，吹来食物的香气/

LUOJIASHANDEFENG,

CHUILAISHIWUDEXIANGQI

文 / 病鹤斋

毕业两年的我，做完社畜回到家，瘫坐在座位上打开了手机。

看到以前的同学们，都在刷同一条朋友圈：《湖滨 CBD 消失了，樱顶煎饺又该何去何从？》，“湖滨 CBD”像是一个黑话，一个只有武大老饕们熟悉的词汇。

我看着那个久违的词，忽然一阵晃神，第一次吃樱顶煎饺的感觉，好像还萦绕在舌尖。

煎饺微脆的皮，混着肉汁，在武大的晚风中温柔地裹挟了那个初来乍到，迷惘不知所措的小姑娘。

不只是樱顶煎饺，武大每个角落里的小吃档口，都是我生命里每每回首的羁绊。

每当我觉得混不下去的时候，我就想去吃一碗小黑屋的炒粉，喝一口桂园食堂的桂花蜜酒酿，再去东湖边高歌一曲。

所以它们值得我在深夜为它们流下三千丈口水和一滴泪。

1. 湖滨小黑屋

湖滨是武大的一个宿舍区，靠近东湖，算是武大核心区域的五环之外，比较边缘。但总有人穿过半个校园来这里买一份炒面，就是因为小黑屋。

小黑屋之所以叫小黑屋，是因为它开在一个破落的角落里，连电路都不齐全，屋里的灯用电线挂起，摇摇晃晃，好像随时要随着房子倒下来一般。

小黑屋没有招牌，像一个秘密接头的黑帮暗室。每一个新食客都是被学长学姐领着走进这个飘满烟气的昏黄小屋，像是一种寻觅食物的传承。

我已经记不得第一个带我来小黑屋的学长名字，但我至今记得炒宽粉最好吃的配方是："叔叔，给我来一块钱金针菇、两块钱杏鲍菇、一根火腿肠、五块钱五花肉、两个鸡蛋打散炒进去，多放点老干妈！"

小黑屋叔叔用一块铁板炒万物，只要有就能炒，上到方便面土豆粉热干面，下到腊肠五花肉猪肝。

一碗热气腾腾的炒宽粉，被炒散的鸡蛋包裹，送进嘴里的粉条和杏鲍菇一滑一韧，弹牙又爽口。在寒意侵袭的冬日里，在舌尖上敲锣打鼓热闹非常。

小黑屋的迷人不仅仅在于那一块铁板上炒出的食物，还有持铲的人。小黑屋叔叔记性很好，他能记得你要的煎蛋是溏心的还是老的，能记得你的馒头片放糖还是刷酱，也记得你吃了四年将要毕业不再回头。

我毕业前出去实习，回来参加毕业典礼时又去炒了一碗土豆粉，似乎还跟初来时味道一样。

“以后吃不到了，是你们的损失啊。”

叔叔还是会讲冷笑话，我们当时笑着应以后每年再回来吃一次。但是如今湖滨宿舍区整改，小吃摊不复存在，小黑屋也不知搬到什么地方。

我突然意识到，很多食物就跟青春一样，说以后，其实再也没有以后了。

2. 凌波舒吧

若说小黑屋是学子下课后的温柔乡，那小黑屋旁边的凌波舒吧就是武大奋斗者最后的战壕。

凌波舒吧在考试期间会二十四小时开着，如果有要刷夜的，在这儿点上四个蛋挞、一杯冲泡奶茶就能坐一夜。

我大一时在辩论队，每次辩题下来都会搬着电脑和队友来这里坐上一晚上。一辩一般点个奶茶润润喉写出最丝滑的开篇陈词，二辩点个青椒炒饭用最辣的嘴驳最狠的论点，我就点上一份炒饭，配一个柠乐。柠檬漂在气泡之上，酸甜和二氧化碳一起攻陷味蕾，然后轻轻地打个嗝，先写下一行字：“对方辩友，你这个逻辑有问题。”

每个社团的同学都在这里留下过身影，春英诗社一边吃着盖浇饭一边讨论词韵，自强学堂的新记者先点两杯西瓜汁紧张地等着采访对象，学生会的点了一桌双皮奶开始分析迎新视频的分镜和背景音乐。

这里的食物说不上好吃，甚至有些廉价，但是别有一分奋斗的热意。很多人怀念舒吧，不是怀念那碗青椒肉丝盖浇饭，而是在扒完最后一口饭时突然想起的那个论据，是吸出最后一颗珍珠想出的那句诗，是所有少年囊中羞涩却又意气风发的过往。

如果可以，我愿意回到那个人声鼎沸的舒吧，再次点一碗七块钱的炒饭，边咀嚼边大喊：“我想到了！我想到

了！”

坐在我身侧的队友可能嘴里还叼着鸡翅，可能手里还拿着雪糕，也突然灵光一闪：“我也想到了！”

多好哇。

那种滋味，是在被社会捶打过几百遍，仍旧在深夜悄悄回想的至味。

3. 梅园馄饨

武大图书馆九点钟闭馆，每当图书馆音乐响起的时候，就是该收拾书包滚蛋的时候。我时常在走出图书馆时开始懊悔，“离考试还有一周了，我才预习了十章”“今天就不该带手机来，来图书馆五个小时有四个小时都在玩手机，还有一个小时在睡觉”“完蛋，今天背的那些理论一出门就忘了”……

特别是冬天的考试周，一出门一股子冷风吹到脸上，脑袋空空连心都是拔凉拔凉的。

这个时候，一碗热气腾腾的梅园小馄饨就是我们这种寒夜学子的救赎。

从图书馆的侧门出来，穿过婆娑的树影，就能看见缓缓升起的热气。

小馄饨五块钱一碗，捧在手上还发烫，多撒一把葱末，仿佛捧了一盆白瓷青玉。梅园馄饨便宜实惠，肉馅并不多，更多的是面皮的朴实香气。最诱人的是滚烫的馄饨汤从食道下涌，经过胸口时，似乎将那颗凉了的心又烫热了。

除了我这种学渣，还有很多在图书馆苦读的同学，他们经过一整天高强度的脑力运动，饥肠辘辘吃下这么一碗热馄饨，似乎又被充满了电。

我曾站在馄饨摊旁看着他们在夜灯下眼睛亮晶晶的，有两个男生拿着馄饨汤的一次性纸碗做干杯状，大笑着说：“明天一定把论文写完，一次过！”

我也饮下一大口馄饨汤，想起了一句话——少年饮冰，难凉热血。

这一腔热血，至少在吃馄饨的这一夜，有一半是梅园馄饨的功劳。

4. 珞珈面馆

珞珈面馆是武大食堂里最专精的地方，它专心致志地做着各种面，各种粉，各种武汉“过早”的吃食。似乎在面食这条路上勇往直前，不想赚中饭晚饭的钱了。

我刚到武汉时，第一次吃到热干面就皱起了眉头，这种黑暗料理怎么存活至今的？但是就跟武汉这个城市一样，初见不惊艳，再见又平平无奇，三见却能误终身。从大一时的厌恶，到大四时我已经能端着一次性碗装着的热干面飞奔去追校车。

热干面的制作过程非常快，特别适合我这种起迟了赶早课的武大学生。攥着校卡站在面档口，看着食堂师傅精准地扯出一团面，从滚水里过一遍，然后沥干水分丢进一次性纸碗里，浇上一勺鲜香浓郁的芝麻酱，再加点酸豆角，最佳绝配是要再配上一颗卤蛋和一瓶冰豆奶。将卤蛋的蛋黄夹碎伴着面吃，蛋黄细碎绵密在细腻的芝麻酱里仍旧保持着高辨识度，它们紧紧包裹着劲道的面条在牙缝舌苔里疯狂打滚，然后扒着喉咙不肯下落。这时候来一口醇香的豆奶，真是——人间至味！

热干面哪里都有，牛肉粉哪里都有，甚至别的面馆里的师傅不会手抖给你抖掉几片牛肉片。但路珈面馆的面是不可替代的，它是一个符号，永远屹立在我的味蕾之上，永恒不倒。

它见证了我狂奔而慌乱的青春，像是一个慈祥的师长，站在校车站旁安抚着每一个躁动而年轻的胃。

5. 樱顶煎饺

说起武大就会提起樱花，说起樱花大道就会知道樱顶。在武大所有和“樱”相关的东西都算是网红，在各大武汉旅游攻略帖里都能排得上号。但樱顶煎饺不是，它是专属于武大学生的私有小秘密。

樱顶煎饺搬迁过很多地方，最早的时候是在老斋舍的门口，店主边卖旅游纪念品边卖煎饺。老斋舍是武大最早的宿舍，老斋舍之上有着许多比我年纪大得多的建筑，老图书馆老雕像。它们承载着武大近百年间的记忆与风骨。

老斋舍作为宿舍的排序不像今天几栋几栋这样直白，它是用天地玄黄来分序的。在这天地玄黄之间，连带着一份三块钱的煎饺都显得古朴有质感了起来。

每年到樱花季，樱花大道人满为患。我们上课都会避开樱花大道，而我们自己想赏樱时都会晚上来，买上一份樱顶煎饺坐在樱顶的台阶上，俯瞰整个樱花大道。游人散去校园归于寂静，樱花在冷黄色的灯光下自顾自绽放。

咬一口煎饺，听见煎脆的饺皮在嘴里发出放烟火一样的声音，然后肉汁如同泄洪的河流，溢满整个口腔。安静的夜和喧嚣的嘴巴，是别人无法想象的惬意。

大概率会有风，晚风会将飘过的樱花花瓣卷起，下晚课的同学会站在树下用手机拍几张像素不高但意境绝然的夜樱图，他们有人会爬上来也买一碗煎饺，有人跟同伴轻声说话，好像怕吵醒了夜里的花。

那些花和细语飘过了樱花大道，飘过了那个鲜香扑鼻的春季。

我不确定我是眷恋那个夜晚的花，还是那碗煎饺，但在我的记忆里它们似乎合在了一起，编织成了一个月白色的幻梦。

6. 蝶宫水果摊

武大有很多老建筑，蝶宫算里面一个不太出名的，但有许多关于它的传说。因为它最早是作为女生宿舍存在的，似乎每个学校里都会有一个女寝藏着都市怪谈。

我大三的时候，甚至拉着同学在蝶宫拍了一组恐怖向的静态电影，被林荫覆盖的老楼，斑驳的墙壁，回旋而上的红木扶手楼梯，站在楼里似乎真的有一股寒气从脚底往上冒。

但蝶宫真正透心凉的不是这些怪谈，而是昏黄灯光下的水果摊。

每到下午四五点，卖水果的大叔阿姨将果篮一一码齐，摆在蝶宫的门口，有时候还会卖一些麻花和炒瓜子。

蝶宫没有空调，到了夏天的傍晚，水果的甜香气便会引来不少飞虫。水果大叔就挂了三四个小风扇，风扇上系着红绸带，每当风扇转起时，红绸带也跟着疯狂扭动。有凉风来，也能驱赶飞虫。

水果的香气幽幽地萦绕在仲夏的武大，不仅吸引飞虫，也吸引我们这种刚下课的“馋鬼”。下课后步行回湖滨宿舍，从绝望坡上往下走，步调闲散缓慢，走到半途正好是蝶宫，吃上一片新鲜果切，便是暑气里最有劲的少年。

很多水果都是现切，阿姨拿着水果刀笑着喊：“你等一下，给你切块大的！”

将菠萝去皮，切成六瓣，穿上签子，放进透亮的冰盐水里，一块五一根。买上一根水灵灵的明黄色菠萝，继续走完绝望坡的另一半路。

舌尖先碰到的是残存的凉意和盐水的咸味，清神醒脑将所有味蕾全部唤醒。然后咬下去，菠萝纤维的香气和汁水全部在嘴里炸裂开来，像欢喜的小炸弹。

不过有时候贪吃，多吃两三块，那个欢喜的小炸弹就会把舌头炸破。

“疼！菠萝吃多了，破皮了。”

舍友会在旁边笑：“你活该！”

活该，但是开心。

每一个水果摊，都是夏日课后与暑气争夺的战场，沁凉的水果就是必胜的大杀器。

7. 工学部菜市场

武大不是一个封闭的校园，它更像是一个开放的大公园。很多同学都会笑着自嘲，我们是在“珞珈山人民公园”

上课。

但至少我并不觉得这是什么坏事，在我眼里大学就应该是这样的，自由包容万物。它不阻拦任何人，不拒绝任何人，它只是默默地教化、影响每一个靠近它的人。

所以武大内部更像一个缩小的小社会，在工学部有一片教工家属区，一应的生活设施都很齐全，其中也包括——菜市场。但这个处在大学校园里的菜市场，主力顾客不是买菜的大爷大妈，而是来买小吃的学生。

工学部菜市场里专门开了一整条小吃廊，有卖豆腐脑的，有卖凉皮肠粉的，有卖鸡蛋灌饼的……一到下课，每个摊口都排着长队。跟三两同学，边聊天边听着肚子咕噜的叫声，边等着一份扎实的糯米包油条。

“唉，今天早上起不来翘了课，结果点名了，完了完了，平时分要被扣没了。”

“媒介课要做小组作业，你找到组了吗？带我一个。”

“今天陈老师讲得太快了，我笔记没记全，你马上借我抄一下。”

……

说着说着，时间好像就不经意地溜走了。

然后，老板拿着饭铲，笑着问：“同学，加什么？”

一份白米半份黑米，裹上一根油条还有里脊肉烤肠，再撒上一点儿咸菜和特质的大酱，用布卷起，压得实实在在。

递到手上时，还能感觉到糯米的热意，一只手握不过来，要用两只手捧着吃，像是捧着一个长胖的大团子。吃的时候要大口大口地吃，一软一脆，两种截然不同的口感。好像米粒和油条相拥跳舞，一个古典舞一个热情桑巴。除了咸口的，还有甜口的，饭团里只放油条，再撒点芝麻和白砂糖，那感觉就像舞池里又冲进一个年轻人拉着你跳起了社会摇，也是很有趣的口感。

有时候宿舍里架起电磁炉，再从菜市场买一些菜，就可以搞一场火锅盛宴。我们几个不辨五谷的大学生跑到卖菜的摊口，跟阿姨讲：“阿姨，来点生菜。”

阿姨问：“要多少哇？半斤够不够？”

我们其实也不知道半斤生菜有多少，只能跟阿姨比画：“大概这么多，装满塑料袋就好了。”

生菜、金针菇、土豆，再买上几包肉丸子，课不多有闲情逸致的还可以买上一小包鹌鹑蛋回去剥。

拎着菜从菜市场的人流里穿过去，好像就是解甲归田的隐居人。它的存在，让我们带了些烟火气。

温暖，平和，接地气，就像大多数普通人那样简单的快乐。

8. 桂园食堂

如果说武大是网红高校，那么桂园食堂就是网红高校里的网红食堂。说起它的战绩，那真是赫赫有名。比如哈密瓜炒糖醋里脊，那是一个你根本分不清你下一筷子吃的是水果还是肉的神菜，还有苹果炒西瓜，真正是用到了中餐的精髓，连沙拉都要炒一下。

但桂园食堂还是有真本事的，它的菜色十分丰富，占地面积不大，但从江南小汤包到西北羊肉泡馍应有尽有。桂园食堂在武大文理学部的心脏位置，无论何时都会排着长队。

但站在桂园食堂的队伍中，你能受到不同学院的熏陶。数院的男生在身后对着一长串的数字答案；化院的在那拼命嗅着衣服领口，问旁边的同学做实验的味道怎么还没有散去；哲院的在那念叨着康德柏拉图和下午周玄毅老师的课；新闻院播班的两个女生在哲院身后讨论到底是自己院的陈铭老师打辩论厉害，还是周玄毅打辩论厉害……

我一般会刷一碗桂花米酒汤圆再加一个粉丝包。坐在人群里，有些拥挤，黏黏糊糊的就像炖了大半天的米酒糊。黄色的酒糊里满是珍珠大小的汤圆，上面漂着黄褐色的桂花干粒。微甜的酒香和花香混着粘牙的糯米，能将心里的失落与伤口满满地糊上，边刷手机，边缓慢地喝着，三块钱能坐一个多小时。倒也不是真的想坐在食堂里休息，而是因为在那里可以听到各种不一样的校园生活。

有人高喊兄弟借我一下校卡，有人低声说“沙雕”男友不解风情，有人拿着手机等着抢选修课。这里不仅仅是个食堂，它更像是——武大学生百态人生的陈列馆。这百态都凝聚在一碗十块钱的饭碗里，你将饭碗翻过来，原来有肉有蛋有蔬菜，甚至还发现一块哈密瓜。

琐碎又惊喜的少年明朗生活呀。

9. 双喜铁板烧

双喜铁板烧是在武汉大众点评榜上都赫赫有名的一家苍蝇馆子，将各色蔬菜和火锅丸子用锡纸包裹，辣度从一到五任君选择。

第一次来双喜铁板烧时，排队还没有喊号程序，都是老板娘用便笺纸写上数字交给每个人。到了我大四来的时候，还是排队，不过有了塑料凳子和 AI 喊号。

一大群人坐在门口，从双喜铁板烧对面的超市里买上一大瓶雪碧或者可乐。抱着肥宅快乐水，跟一起来聚餐的同学聊天。大一来是聊社团，聊奖学金，聊哪个系的美女帅哥多。到了大四，坐下来就是聊校招，聊保研出国，聊以后会在哪个城市定居。

“聚餐”这个词，对于快毕业的武大学生来说，代表的不是聚，而是分。

越是这种感伤时候，越是适合热辣辣的食物。满满一大盆蔬菜肉类大杂烩，在锡纸上刺啦刺啦地响，用五花肉将金针菇卷起，放到米饭里囫囵吞下，其实也没有嚼烂，但巨大的满足感会立刻充斥着胃。肉类下面加了一份碱面，面吸足了汤汁，刺溜一下吸进嘴里。

爽辣的快感。

最后一次去吃双喜铁板烧吃的是最辣的味道，面条一入口就哭了。

“辣、辣、辣。”

好友笑我：“你才出去实习了半年，回武汉就连辣都吃不了啦？那你以后再回武汉怎么办？”

以后，再回。

这些词在辛香热辣的食物味道里，是最辣的粒子。

“不会！以后回武汉，还要来吃双喜铁板烧。”

不会，怎么能不能吃辣呢？武大的这些热辣食物，就是我舌上留下的印痕，只要回来，就能唤醒所有的辛辣记忆。

每个武大人都有着自己的美食图鉴，它们有些重合，有些相去甚远。但不变的是，这些食物记忆与武大密不可分。

就像很多地方有热干面，但武大的热干面只有这里才有，只有在那个狂奔的少年时代里才会散发出迷人而绵长的香味。

武大的山水之间不仅有书香楼阁，还有许多烟火气极浓的小吃店，它们散落在僻静的角落里，一到下课就引来归鸟一般的学子。

我们是全国各地奔来的游子，而这些令我们果腹的食物，就是我们暂居的暖巢。

我在千里之外，仍旧怀念那些青葱的味道，至老不忘。

I hope you're fine, The future is warm.

关于《珞珈山的风，吹来食物的香气》的小采访

Q 采访人：蛋壳

A 被采访人：病鹤斋

/ 作者简介 /

病鹤斋，毕业于武汉大学新闻与传播学院，是个执笔多年，仍旧热血滚烫的理想主义者。

已出版：《沉鳞》《傀儡戏》《温雪狼心》。

蛋壳：武大在你心目中是什么样的？

病鹤斋：在我心目中，如果给武大做拟人的话，它会是一个真正的民国闺秀，自由开放，气韵深厚。

我最喜欢武大的一点是它的“自由”，我们笑称武大是珞珈山人民公园，因为武大是没有封锁学校的围墙的。谁都

可以离开，谁都可以进来。它展现着一所大学真正的核心，有教无类。

蛋壳：学校里，你最喜欢的校园社团是？

病鹤斋：武大辩论队。

在《奇葩说》还没有火起来的时候，我曾有幸在新闻院辩论队听过陈铭老师对辩题的解析。当时的辩题是：“人生是过程重要还是终点重要？”其实“终点”是很难打赢“过程”的，但陈铭老师给了一个新的思路：人生的终点也非常重要，

在监狱去世和葬在八宝山是完全两种不同的价值终点。因为年代久远，仅仅记得陈铭老师提供的思路，这种反向思考的方式极大拓宽了我看待问题的视角。这也是辩论带给我的巨大财富，自由的校风，带来了自由讨论的可能性，也极大地成就了武大辩论队。

每年到了秋天，武大会举办“金秋艺术节”，除了演唱话剧等社团的赛事表演，辩论队也会举办“金秋辩论赛”。总决赛时，会邀请一些辩论圈的大牛来举行表演赛，那时候看到了黄执中、周玄毅学长在台上唇枪舌剑，真是各种观点的洗礼。

◎ 毕业那年拍的樱花

蛋壳：武大的樱花真的很好看吗？

病鹤斋：武大樱花非常有名，但游人和学生看到的樱花是不一样的。白天的樱花大道喧嚣热闹，那是游人看到的样子。每年樱花季，武大的校车都要换路线，避开游人密集的樱花大道。

到了傍晚，游人散去，我们走在樱花大道上，路灯透过花瓣的间隙，非常好看。樱花就一直在那静谧地开落。

不过除了樱花，武大还有很多其他可爱的植物动物。比较闻名的是武大网红狐狸还有野猪，我们有学生组织还做了野猪形态的毕业周边，野猪兄穿上学士服，戴上学士帽，和

◎ 野猪毕业周边

武汉大学

昨天 19:29 来自绿洲APP 已编辑

#武大网红小狐狸珞珞##高校颜值大赛#

数日不见，甚是想念

又萌又仙的小狐狸珞珞再次出现~

刚刚的视频看不够?

不急，小武这就奉上珞珞的美图~

（via.@where_99）绿洲

@武汉大学 脑洞大开，武大小红狐珞珞和它的好朋友小狗——"狐朋狗友"

武汉大学

11-6 18:13 来自微博 weibo.com 已编辑

【高萌预警！#武大网红小狐狸珞珞# 又双叒出没珞珈山！】柔和晨光里，晨雾未散间 TA来了，TA迈着又萌又仙的步伐朝我们走来了！数日不见，小武家的珞珞又可爱了几分 这视频主页君也就看了不下一百遍吧。今天也是想要偶遇珞珞的一天 ↓↓#武大红狐狸珞珞# @Frozen影像 Frozen影像的微博视频

1:22

VLOG频道 旅行 · 571万次观看

◎ *"武大"官博上关于珞珞的微博*

我们一起毕业。而狐狸路路则有更多“生图”，有很多同学拍过它的照片，武大官博也发过路路与它的小狗朋友，戏称“狐朋狗友”。

如果对自然有兴趣，可以下自习后，沿着小路往回走，运气好说不定还能碰到刺猬和野兔。

蛋壳：能分享一个学习上的秘诀吗？

病鹤斋：我一直觉得理解力才是学习中最重要的，包括在写作中也是这样。只有理解了，才能准确地表达。

理解题目的意图，才能更准确地表达出答案。

所以我上学的时候一直在训练自己的理解力。

我做错题本，不是按某次考试或者某天某周，我是把所有题目打散，把出题意图一致的放在一起。

比如出题意图是考察立体几何的透视问题，那不管是填空题还是大题，不管是月考的还是家庭作业的，都放在一起。

有时候回头来看，会发现有些意图不一致却放在一起的题目，这就说明自己对题目意图的理解更深了，进步了。在不断的归纳和反思中，提升自己的理解力。

◎东湖，就在宿舍楼底下，夏天的时候会去湖边吹风

蛋壳：如果被武大录取了，有什么推荐做的事吗？

病鹤斋：让我想想……

一、去教四有爬山虎的教室里自习一次。可以不用认真学习，就看看小说听听歌。感受一下“考多少决定你去哪里玩手机”的快乐。

二、躺在夜晚的奥场上聊天。红胶绿草白月光，能在奥场上遇到夜跑的学长学姐或者也来躺着的新生，交个新朋友总是不亏。但要记得带驱蚊液，不然只能带二十个蚊子包回宿舍。

◎“武大”湖滨食堂

三、去东湖的栈桥走一走。东湖的栈桥很窄，有种走独木桥的惊险感，但它有深入湖中，比站在岸边看湖潮更有趣。

真诚建议：找个新朋友一起，拉着手走，不容易掉下去。

四、去把每个分食堂的热干面吃一遍。热干面的水准大多决定了这个食堂的烹饪水准。

（本书编辑：不愧是以热干面为代表的城市！）

武汉大学

Wuhan University

武汉大学（Wuhan University），简称武大，位于武汉市，是中华人民共和国教育部直属的综合性全国重点大学，位列“世界一流大学和一流学科”“985工程”“211工程”。

学校溯源于1893年清末湖广总督张之洞奏请清政府创办的自强学堂，1893年11月29日，湖广总督张之洞向清朝光绪帝上奏《设立自强学堂片》。他认为“盖闻经国以自强为本”“自强之道，以教育人才为先”，故取“自强”二字。开办之初，设方言、算学、格致、商务四门。1928年定名国立武汉大学，是近代中国第一批国立大学。

武汉大学 校训

——自强、弘毅、求是、拓新

希望你很好，
未来都是暖色调
XIWANG
NIHENHAO,
WEILAIDOUSHI
NUANSEDIAO